OLAF OLAFSSON

# TOUCH

# タッチ

オラフ・オラフソン

川野靖子 訳

早川書房

# TOUCH／タッチ

---

カバーイラスト：嶋田里英
カバーデザイン：albireo

最後に鍵をかけるときは、できるだけすべてに片をつけておきたかった。すでにここまでは順調で、思い残すことはほとんどない。昨晩は従業員が帰ったあとオフィスに座り、やるべきリストを書きつけ、今朝起きてから修正した。あまり眠れず、叩《たた》きつけるような突然の嵐で目が覚めた。突風が寝室の窓ぎわにあるトネリコの枝に吹きつけて妙にリズミカルな音を立て、それがかえって心を慰めてくれた。目が覚めたまま横たわり、しばらく頭のなかでつらつらとリストを思い浮かべたが、ベッドから出て書き加えるまではしなかった。いくらなんでも、朝食のあとリストに戻ったら忘れていた、ということはないだろう。

ほんの三週間前、ここに八十人もの披露宴客が集まったと思うと不思議な気がする。新郎はアイスランド人、新婦はデンマーク人で、それがメニューにも反映されていた。オードブルはデンマークのオープンサンドイッチ——スモーブロー、メイン料理はアイスランド名物、仔羊《ラム》のあばら肉のロースト。これまで数多くの結婚パーティを手掛け、見ていないものはないと言ってもいい。なかには、気の毒にも誓いを立てる前からほころびが見える新郎新婦もいて、思わずやめておいたほうがいいと忠告したくなるときもあった。だが、アイスランドの青年とデンマークの娘は違った。あれほど愛し合っている二人を見ることはめったにない。

これをわがレストラン最後の思い出にしよう。幸せな祝福、若い二人の笑みとしぐさににじみ出る、肩肘張らぬ自然な愛情、思慮深さと謙虚さ、言わずとも通じ合う言葉。たがいが抱く深い愛は、二人が会場に足を踏み入れたとたん、あたりを明るく照らし出した。今朝はそんなことを考えている。どうかあの二人がウイルスから逃れ、どこにいようとすこやかでありますように。彼らにはおたがいがいさえすればいい。

店はぎりぎりまで開けていた、たぶん必要以上に長く。集会禁止令が施行される前から客足は急激に落ちていた。たまの夜の予約はほとんどが観光客で、それもなくなると、宅配と持ち帰りでなんとかしのいだ。〝おいしい食事をお手頃価格で〟とウェブサイトに宣伝して。二、三日はかなり順調だったが、やがて人々の興味は薄れ、あるいはいよいよ感染を恐れてか、電話もオンライン注文も途絶えた。わたしはレストランの料理を入れる使い捨ての箱と容器を業者から苦労して買い入れ、いま自分の楽観主義のつけを払っている。実際はそのほんの一部しか使わなかった。たったいま、まだ踏ん張って営業を続けようという近所の二軒のレストランのオーナーに残りを譲ることをリストに加えた。いまならどんな援助もありがたいはずだ。わたしについて言えば、店を再開するつもりはないから、使い捨て容器が必要になることはもうない。

床を歩くとこだまが聞こえる。ダイニングホールで立ち止まり、ちょうど二十年前に初めてここに来たときと同じようにあたりを見まわす。あのとき感じた期待感は感謝の念に代わっていた。ドアから足を踏み入れたとたん、家に帰ったような気分になり、その場でここを借りると決めた。以前ここにあったステーキハウスはまったく繁盛せず、すぐに閉店したので、修理や改装はほとんど必要なかった。それでもコンロは性能のいいものを導入し、壁はより温かみのある色に塗り替え、しゃれた写真を飾り、照明を新しくした。だが、手を入れたのはそれくらいで、フリッシと六年契約を結んでからわずかひと月後には店をオープンした。これまでに三度、契約を更新してきたが、フリッシについては、話のわかる理想的なオーナーとしか言いようがない。金融崩壊のあと、彼はわたしに黙って賃貸料を下げた。ある月曜日の朝、電話をかけてきて、例のしゃがれ声でこう言った――「きみが破産することはない。状況がよくなるまで家賃は半分でいい。その代わり、ボッガが料理をしたくないときはきみの店でごちそうしてくれ」フリッシもやるべきリストに挙がっている。彼のことも、ほかの従業員と同じように片をつけたい、できれば契約期間の残り十四カ月ぶんを支払って。

これはいつものこだまではない――ましてや街をおおう静けさでもない。じっと立っていても聞こえる気がする。わたしは気持ちを落ち着け、わざと大きく咳払《せきばら》いした。頭のなかでだけ響くこだまより、自分の咳のこだまを聞くほうがまだましだ。

昨晩、バルドゥルはディナーの最中に立ちあがり、ひとこと言いたいと声をあげた。そのようなことはしないでほしかったが、彼としてはせずにはいられなかったのだろう。バルドゥルを雇ったのは十四年ほど前で、そのときは二十歳そこそこの若者だったが、いまでは結婚して二人の子持ちだ。副料理長から始めた彼はすぐに能力を発揮し、十年近く厨房《ちゅうぼう》をまかされてきた。スピーチのあとバルドゥルは手書きのメニューをわたしに渡した。「最後のディナー」——メニューに書かれてはいなかったが、彼はそう言った——「最後のディナーです、クリストファー」窓ぎわの丸テーブルには、わたしを含め八人が座っていた。隔離期間中のグンナルとフィヨウラ以外のスタッフ全員だ。そのなかでしらふだったのはおそらくバルドゥルだけだ。わたしはとっておきの二十年か三十年もののワインを数本、開けた。誰もがなんらかの景気づけを必要としていた。バルドゥルは本来あんなふうに気持ちをあらわにするタイプではないが、最近は感情がたかぶっている。わたしはみんなの気分をなんとか盛りあげようと、昔の愉快な話をあれこれ話して聞かせた。誰もが、つかのまにせよ、いまを忘れることができたと思う。

今日は給料を振りこみ、残った支払いを終わらせる。明日は身辺整理。週の終わりには最後に店を磨く。すでに金の算段はすませた。従業員には少なくとも九月末まで給料を払えるはずだ、できればもう少し先まで。とにかく今日、口座残高と数件の未払金を調べれば状況ははっきりする。バルドゥルとステイヌンには年末ぶんまで払いたい——二人は店でいちばんの古株だから、そのくらいはして当然だ。
コーヒーを淹《い》れ、パソコンを立ちあげ、やるべきリストに目を通す。取りかかる前に最新のオンラインニュースを見る。ほとんどが国内外の感染症拡大に関するもので、そのあとちょっとだけフェイスブックのページをのぞいてみる。そこで見つけたいくつかのジョークに声を立てて笑い、急ぎではないが返信すべきメッセージに目を通す。その大半は閉店のお知らせに対する心温まる感謝の言葉だ。ページを閉じ、やるべきリストに戻ろうとして、一通の友だちリクエストに目が留まる。友だちリクエストはたくさん届く――知らない人から、あるいは実在すらしない人からのときもある――が、とりあえずいつものように開いてみる。と同時にその名前が目に飛びこみ、数十年が溶けて消えたような気がして、わたしは彼らがいなくなったと知ったあの朝、優しい雨にうたれ、鍵のかかったドアの外で立ちすくむ自分に戻っていた。

愛用の湯呑《ゆの》みを持っていくべきか否か。荷物を預けないとすれば――預けるほどの荷物もないが――かさばるものは持たないほうがいい。自分でお茶を淹れる機会がさほどあるとも思えない。だが、わたしはこうと決めたらそれにこだわるタイプで、コーヒーも紅茶も――厳密にはルール違反だが――これで飲んでおり、いまでは手の一部のようなものだ。日本の陶器の湯呑みで、なんの変哲もない、持ち手のない普段使いのカップで、おそらく有名な益子《ましこ》焼きだろう。表面には枝にとまる小鳥の絵が描いてある。それともリスか。いまもってどちらかわからない。

両手に力が戻るや、わたしは友だちリクエストを承認した。それから一時間近くパソコンの画面をにらみ、身じろぎもせずに返信を待ち、かなり待つことになりそうだとようやく気づき、そのあいだに用事をすませることにした。だが少しも集中できず、給与を計算したり未払金を払ったりするのに難儀した。オンライン・バンキングに手こずるなどめったにないことだ。結局あきらめ、壁に頭を打ちつける代わりに、近ごろ覚えたばかりの、気持ちを落ち着ける呼吸法をやってみた。

彼女から友だちリクエストを受け取ったときに湯呑みを持っていたのは、どう考えてもなんらかの予兆ではないかと、わたしは自分に問いかけた。何かとても重要なお告げというか、人間には説明のできない、何かを導く力からの信号のようなものではないかと。そこでわれに返り、言い聞かせる。湯呑みを持ってパソコンの前に座ることに特別な意味など何もない、いつだってやっていることだ、深呼吸でもしたほうがいい。

それでもそわそわして落ち着かず、新鮮な空気を吸うことにした。ふたつのレストランのオーナーに電話をすると、どちらも持ち帰り容器の提供の申し出を喜んで受けてくれた。宅配サービスが軌道に乗れば、容器が足りなくなることもあるかもしれない。箱に入った容器を車に運び、運転しながら正午のニュースを聞くともなしに聞いていると、航空便の運航状況が流れ、耳をそばだてた。〝アイスランド航空ロンドン行きの便は今朝ケプラヴィーク空港を出発〟――アナウンサーが言った。〝それ以外の三十一便はすべてキャンセルされました〟そのあとニュースは、感染レベルや集中治療を受けている患者数、検査用綿棒の不足に戻った。

レストランのひとつはクヴェルヴィスガータにある。オーナーのヴィクトルが箱を受け取りに出てきた。バルドゥルと同じくらいの歳で、同じくらい腕のいいシェフだ。わたしたちは二メートルの距離を保った。一週間前なら何かひとこと言っていただろう。いまではごく当たり前に思える。完全に店を閉めるそうですね、とヴィクトル。ああ、そうだとわたしは答え、「惜しまれるうちが花だ」そう言って彼の成功を祈った。

わたしは今年で七十五になる。さほど歳を取った気はしない。いまもすこぶる健康で、右膝に軽い関節炎と、自分でも気づかないほどの不整脈がたまにあるだけで、かかりつけ医も心配いらないと言う。山にハイキングにも行くし、家のリビングルームの床で腕立て伏せもする。自分がハイリスクの部類に入るとは思わないが、節度ある行動は心がけている。どうやら今回のウイルスはわたしくらいの年齢の人間に容赦ないらしい。とはいえ、わたしに頼る者はもう誰もいないから、まんいち最悪の事態になってもそれはそれでかまわない。

それを言うなら、ここしばらくは、と付け加えるべきかもしれない。健康でいられるのもこ、こしばらくは。いや、よそう。専門医が出した根拠のない推論について思い悩んでも意味がない。あの医者に、自分が何を言っているのかわかっているとはとても思えない。

もう一軒のレストランはルイガヴェーグル通りの、わたしが〈トルグ〉をオープンする前にやっていたサンドイッチショップのすぐ先だ。容器の箱は通用ドアの脇に置いた。オーナーは午後にならないとやってこない。車に戻る前に通りを見渡したが、ひとけはまったくなかった。

店に戻り、パソコンの前に座る。新しい知らせは届いていなかった。外出中も携帯でフェイスブックをチェックしたが、パソコンのほうがなんとなく信用できる。日本はいま午後十一時。真夜中だ。おそらく明日まで返事はないだろう。

給料と未払金の大半を払い終えたあと、いまもってインボイスを送り、すぐに納入したほうがいいかとたずねてくる数件の業者に電話をかけた。どこも支払い猶予期間を示し、急がなくていい、必要ならば資金援助をするとも言ってくれた。彼らの寛大さと援助の申し出に感謝しながらも、わたしは閉店を決めたと告げる。これは最終決断だ。

家に帰る気になれず、残り物を温めて夕食にした。こだまにはもうすっかり慣れた。意識的に記憶を呼び起こしていたわけではないが、思い出はいやでもよみがえる。言っておくが、ほとんどが楽しい記憶だ。思うに、ここ〈トルグ〉では誰もが――客も従業員も同じように――総じて楽しいときを過ごした。

明かりを消して家に帰ろうと思いはじめたときには午後八時を過ぎていた。やる予定だった用事はすべてすませた。あとはフリッシに電話をかけるだけだ。事前に何も言わず、いきなり口座に送金したくはない。

フェイスブックをチェックしたときは、なんの期待もしていなかった。パソコンの電源を切る前に、なんの気なしにページを開いたとたん、彼女からの返信がわたしを見つめていた。書きこまれたのは二十分前だ。

〝わたしの名前はミコ・ナカムラ、旧姓タカハシ。あなたは一九六九年にロンドンに住んでいたクリストファー・ハンネソンですか？〟


淡い朝の光がカーテンごしに射しこむ。うつらうつらしながら、〝海の音が聞こえる〟と思う。遠くで波が引いては寄せる音。朝はたまに自分がどこにいるかわからないときがあるが、今日は違う。海のつぶやきを想像しているだけだと完全にわかっている。それでもその音は心地よく、安定した息づかいは鮮明で、隣で誰かが眠っていると思ってしまいそうになる。

湯呑みは持っていくことにした。正直、役に立つとは思えないけれど。わたしの機内持ちこみバッグは小型だから、どちらの便でも頭上の棚に楽に収まるだろう。昨夜、航空券を予約したときに調べた。日本行きの便のほうが、ロンドン行きの便よりわずかに——トータルで一センチから二センチのあいだくらい——広いようだ。

ベッドに入ったときは午前二時になろうとしていた。彼女がもう休まなければと言うまで、わたしたちは三十分ものあいだメッセージをやりとりした。そのなかで彼女がウイルスに感染し、入院していたことを知った。次の文には、そうでなければわたしを探そうとはしなかったと書かれていた。なんの前置きもなく。ほかのいくつかのことがらとともに、わたしはいまもその意味を考えつづけている。

　電話をかけてもいいかと、もう少しで書きそうになって思いとどまった。それを悔やんではいない。彼女のことだから、何か理由をつけて拒んでいただろう。

　彼女のことだから……。こんなことを言うのも妙な話だ。けれども、最後に会ってから半世紀近くが過ぎたとはとても思えなかった。ありきたりの、他人行儀で、どうでもいい質問をし、同じように取るに足らない答えを返し合ったあとではなおさらだ。先に世間話を終わらせたのは彼女のほうで、胸に溜《た》めた思いを言おうと焦っているふうだった。

　そうかと思うと、わたしが体調をたずねると、変に打ちとけない答えになった。

〝近所の人が買い物をしてくれて〟――彼女はそう返した――〝ドアの外に食料品を置いておいてくれます。あまり食欲はありません〟

　そこまでのやりとりで、彼女が一人暮らしだとわかった。夫とのあいだに子どもはなかった。

〝わたしは妻のインガを亡くした、七年前に〟わたしは返した。〝やはり子どもはいなかった〟

彼女は、来てほしいとは言わなかった。遠まわしにさえも。わたしも会いに行くとは言わなかった。というか、そう思ったのはあとになってからで、彼女との会話を終えて自宅に戻り、庭の木々を見つめながらようやく、いま彼女に会いに行かなければ永遠に心の平安は得られないと確信した。

航空券を購入したとたん、気持ちが落ち着いた。やがて夜どおし吹いていた風も治まり、雪が降りはじめた。この一週間ずっと荒れた天気だったが、いまは大きな、ふわりとした雪片がゆらゆらと地面に向かってただよい、美しいクリスマスカードの絵のように茶色い芝や葉を落とした枝に積もり、白い絵の具で塗ったかのように木々をおおいつくしている。わたしはやるべきリストに目をやり、終わった作業をバツで消し、新しい項目をいくつか書き加えてからベッドに入った。

ミコ・ナカムラ……旧姓タカハシ。これまで誰にも、一度も話したことのない女性。友人たちにも、長年ともに働いてきた仲間にも、両親にも兄にも誰にも、わたしがロンドンからアイスランドに戻ったあと、なぜこんなにふさぎこんでいるのかと家族が首をひねっていたときでさえ。インガに話さなかったのは言うまでもない。とりわけ妻には。

外の明るさからして、雪は夜中も融けなかったようだ。このまぶしさは、雲が切れて太陽が輝きだしたしるしだ。わたしは頭のなかで今日やるべきことをおさらいし、効率よくやる方法を算段し、やり残したことはないかと考える。

完全に目を開ける前に、この数週間、自分に課している訓練をやってみる。まず自分のＩＤカードの番号を思い出す。次に銀行の口座番号、両親の誕生日と命日、アイスランドの歴代大統領の名前、店のメニューに新しく加えた料理の名前、最後に、昨夜ベッドに入る前にリストに加えたいくつかの用事。

訓練の結果におおむね満足して起きあがり、カーテンを開ける。太陽が雪を照らしている。トウヒの古木の枝で一羽のツグミが声をかぎりに歌っている。期待に胸がふくらむ。燃えるような期待――それはふいにわたしをとらえ、自分が若者だったのはそう遠い昔ではないと思わせてくれる。

翌朝にも出発できないことはなかったが、すべてを終わらせるには時間が足りない気がした。もともと仕事が速いほうではない。いまに始まったことではなく、昔から物ごとをきちんとやるには落ち着きと静かな心が必要な質《たち》で、ゆえに焦ってはならないことを学んだ。だが、二度と戻ってこないかもしれないという思いも頭をよぎり、なおさらあれこれ考える。なにも大げさぶろうとか、同情を誘おうとかいうのではない。戻れない状況になるとはまず考えられない。けれども近ごろ確かなことは何もないし、旅立つ前に片をつけられるものには片をつけておきたい。

もちろん、こんなことはさっきムンディに電話をかけたときはおくびにも出さなかった。兄のムンディは港のそばの、高齢退職者向けのアパートに住んでいる。一週間ほど前に会いに行ったが、いまはもう面会できない。

ムンディに聞こえるよう、わたしは声を張りあげた。「補聴器をつけてないのか？」

「なんだと？」

「補聴器だよ、ムンディ。どうしてつけない？」

兄はひどい見栄っ張りだ、まわりに人がいなくても。

「老いぼれに見られたくない」

「八十三だぞ、ムンディ」

わたしは日本行きの航空便を予約したと告げた。

「いいころじゃないか。おまえはいつも日本に行きたがっていたからな」

わたしは彼の言葉を訂正し、最後に日本に行く話をしたのは数年前だと言った。

「どれくらい滞在する？」

まだわからないと答えた。帰りの便は三週間後に予約したが、それはいつでも変更できる。

「じゃあ留守のあいだは店の誰かが食事を運んでくれるんだな？」

ムンディは昔から食べ物にうるさく、アパートで出される食事に文句を言うが、わたしに言わせればなんの問題もない、ごく普通の家庭料理だ。だが、ムンディと言い争ってもしかたない。彼が高齢者向け住宅に住みはじめてからつい最近まで、週に三回から四回は店の料理を届けて機嫌を取ってきた。あのような配達はもう過去のものになったと告げなければならないのを、わたしはずっと恐れていた。

「店は閉めた、ムンディ」

「なんだと？」

「開けても儲《もう》からない。とにかく、もうやりきった」

「昨日、あのバカが出した魚を見せたかったな」とムンディ。「あんなものをおれの船で出そうもんなら、海に投げこまれてるところだ」

ムンディは三十年以上、大型貨物船の船長を務め、いまも人を船のクルーのようにあつかう。

「店をやめて、どうやって時間をつぶす気だ？」

それは考えていなかった、というか、考えるのを先送りしていた。「まずはこの旅だ」わたしは言った。

「することがないのがいちばんだと思ってるのなら大間違いだ。えんえんとラジオを聴くか、ソリティアでもしてりゃいいと思ってるなら考え直したほうがいい。下の階に住んでたクリスティンはこの前、退屈のあまり死んだ。本当だぞ、クリストファー。リビングルームのど真ん中に倒れて冷たくなってた」

ムンディが施設仲間の死をわたしのせいであるかのように話しても、怒るのはやめた。ムンディは昔からこんなふうで、これが彼の流儀だ。とはいえ、何かしら意味のある言葉で、兄の記憶に残るような言葉で話を終えたかった。アジアから彼に電話をするとはまず思えない。

「おたがい、いい人生だったじゃないか」話がどこへ行きつくかわからぬまま、わたしは始めたが、ムンディの関心は別のところにあり、案じるまでもなかった。

「今日のメニューは魚肉団子《フィッシュ・ケーキ》だ。それがなんでできてると思う?」

それからムンディはどこか苛立《いら》たしげに、じゃあなと言い、今度もわたしは受け流した。昔はムンディと話すたびに腹が立っていたが、さいわい今ではそんなこともなくなった。長年のあいだに、せめてひとつでも自分が進歩したと思えるのはいい気分だ。

ひとりで死ぬこと。ミコはそれが何よりも怖いと言った。死そのものではなく、そばに誰もいないのが怖いと。

〝それを表す言葉もあるくらい〟ミコはそう書いた。〝コドクシ〟そのあとに笑顔の絵文字を添えた――わたしが半世紀前に知っていた女性がいかにもやりそうなふうに。

やるべきリストに葬儀は入れなかった。それは何か違う気がした。実を言うと、もう少しで書きそうになったが、ペンを紙に載せる寸前に待てよと思った。〝給料の支払い、ソニヤに連絡、コンロの掃除、リサイクルセンターへ行く、ヨウイ・ステインソンを埋葬する……〟いや、それはあんまりだ。それでもまんいち忘れたらと不安になり、別の紙に書きつけようかと思ったが、これで忘れたら自分の責任だと覚悟を決め、結局は書かなかった。

葬儀の時間は午後二時。一昨日、彼の妻アルディスに電話をかけて悔やみを述べた。ヨウイとわたしがロンドンで学生だったころにアルディスの姿はなく、アイスランドに戻ってからヨウイとはめったに会わなかったので、彼女のことはほとんど知らない。帰国したのはわたしのほうが先だった。ミコとタカハシさんを探すのをやめてからは、ロンドンにとどまる理由は何もなかった。ヨウイは学業を終えると、アイスランド国家統計局に就職し、ほどなく結婚した。

彼とは何度かばったり顔を合わせ、それなりにうまくやっていた。会うとロンドンで過ごした日々を思い出し、とくにヨウイは懐かしそうにしていた。「古きよき時代だったな、クリストファー」彼はよくそう言い、わたしにも反論する理由はなかった。

ヨウイはレイキャヴィークのフリーキルキャ・ルーテル自由教会に埋葬される。家から近く、歩いて行ける距離だ。スーツを着ながら、これもスーツケースに詰めるべきだろうかと考える。喪服が必要になるかもしれない状況まで想像しながらも、そんな考えは脇に押しやり、置いてゆくことにする。スーツケースは大きくないから、服は賢く選び、慎重に詰めなければならない。

ちょうどいい時間に着いたようだ。教会も集会禁止令には逆らえない。電話をかけたとき、アルディスが「なかに入れない人が出るかもしれない」と言っていた。

係に案内され、信徒席に着く。無人の席が一列おきに設けられ、会葬者は二メートルあいだを空けて座っている。オルガンの旋律に合わせて一人ずつ入ってくる。バッハ、シューベルト、そしてザ・ビートルズ――〝ミッシェル・マ・ベル……〟ヨウイと二人、ピカデリーで酒を飲み、彼がトラファルガー広場までわたしをおぶった夜がいやおうなくよみがえる。もちろん途中で何度か休みながらも、ヨウイはビートルズの曲を――《ミッシェル》も含め――次から次に歌い、トラファルガー広場に着くまであきらめなかった。

「おれはやると言ったらやる」ウィットコム・ストリートを進みながらヨウイが言ったのをおぼえている。自分に発破をかけようとしたのだろう、たしかに彼にはそれが必要だった。無謀な旅は終わりがないように思えた、とくにラストスパートに入ってからは。ヨウイは何度か転びかけ、わたしは振り落とされるのではないかと思った。酔いのせいで怖さは鈍っていたが、ついに馬にまたがるジョージ四世の像が見えたときにはほっと息をつき、二人で一緒に《ミッシェル》を歌った、いや《ノルウェイの森》だったか、いまとなっては思い出せない。

ヨウイの死因はがんで、ウイルスではない。この一、二年は病《やまい》と闘っていたようだ。牧師が〝闘う〟という言葉を使う。ヨウイの人となりを、禁欲、誠実、高潔という言葉で語り、家族の話をする――妻のアルディス、娘と息子、五人の孫。いつ訪れてもすばらしいフォスヴォーグルのテラスハウスのこと、アイスランド観光協会で働いたこと、ロータリークラブの会長を務めたこと、頼もしい人物だったこと。牧師は〝充足〟という言葉を繰り返す。たしかにそれはヨウイを語るうえで要《かなめ》となる賛辞であり、わたしたちがロンドンで学生だったころ、彼は自分の人生がこんなふうになると想像しただろうかと思わずにはいられない。あのころのヨウイには激しい一面があり、きわめて野心家だった。ギターを弾き、大学の急進的な講師たちには、ルートヴィヒ・フォン・ミーゼスの理論で、制御不能な市場要因の信奉者たちにはケインズ主義で応戦するのを好んだ。何かにつけ衝突していたスウェーデン人教授には臆することなく議論をふっかけた。あの当時でさえ、学生が教授に向かってあんなふうに意見を述べるのは型破りだったが、ヨウイは秀才で、人ができないことをやってのけた。国家統計局に就職したときは、ここに長くいるつもりはないとうそぶいた――落ち着くまでのただの腰掛けだ。こんなのは、たいして脳みそを使わなくても最低限必要なものが手に入る、いわば老人ホームみたいなものだと。

「四十五年間」牧師が言う。「彼は充実した現役時代を過ごし、多くを生み出し、社会に貢献しました」

そこでまたしても考える――わたしたちが若かったころ、ヨウイはどんな将来を思い描いていたのだろう。そしてわたしは。予想と違ったのは間違いない。それでも多くの点で、ほとんどの点で、わたしは満足している。前にも言ったように、わたしには感謝すべきものがたくさんある。ヨウイが満足していなかったと考える理由がどこにある？

永遠に答えの出ない問いはさておき、ソニヤにはできるだけ早く連絡しよう。葬儀が終わったらすぐにでも。やるべきリストには書いてあるし、忘れるはずはない。それに、牧師の言葉の何かがソニヤと幼いヴィッリのことを考えさせる。たぶん〝充足〟に関する部分だ。

アルビノーニの曲が流れるなか、教会を出る。柩《ひつぎ》を運ぶのは知らない顔だ。おそらく親戚と友人たちだろう。

外に出ると、空は晴れていた。弔問はパンデミックが終わるまで延期されるので、アルディスと家族に気兼ねなくまっすぐ家に帰れる。

スコートフスヴェーグルで立ちどまり、チュルトニン湖の上空に浮かぶ雲の隙間から太陽の光が射しこむのを見つめる。まだ一面、凍っているが、陽射しを受けて少し融けてきたようだ。

〝ミッシエル、ぼくの愛しい人、なんてぴったりな言葉だろう……《ミッシエル・マ・ベル・ソン・レ・モ・キ・ヴォン・トレ・ビヤンナンサンブル・トレ・ビヤンナンサンブル》〟「おれはあきらめないぞ、クリストファー、あきらめるものか！」目の前に迫るトラファルガー広場。かすかな霧雨。わたしはひとり笑みを浮かべてくるりと背を向け、丘をのぼりつづける。

ソニヤはインガの最初の結婚で生まれた娘だ。ソニヤと夫のアクセルはハプナルフュヨルズルの郊外に住み、ヴィルヒャウルムル・オッリ——短くはヴィッリ——という息子がいる。インガと暮らしはじめたのはソニヤが六歳のときで、彼女はすぐにわたしになついた。ソニヤとの関係はつねに良好だった、というのも、いざというとき娘を叱るのはインガの役目だったからだ。というか、インガがそう主張したのであえて口を出さなかっただけで、いま思い返しても、父親の務めから逃げたわけではなかった。

ソニヤがわたしをパパと呼びはじめるのにさほど時間はかからなかった。こちらから頼んだことは一度もなかったが、正直とてもうれしかった。初めてパパと呼ばれたときのことはいまもおぼえている、だからわたしの頭はそれほどいかれてはいないはずだ。ある春の土曜日、その日はインガと二人で庭仕事をする予定で、わたしはガレージに熊手や移植ごてやその他の道具に取りに行っていた。ソニヤが家から大声で〝パパ〟と呼んだとき——それも一度ではなく二度——てっきり実の父親のオッリが来たのだと思った。彼の来訪を知らなかったわたしは驚き、挨拶しようと車寄せに出て行った。もちろん彼はおらず、家のほうを見ると、ソニヤが戸口に立ってこっちを見ていて、ようやく気づいた。胸が高鳴った。

「パパ、自転車の空気を入れてくれない？」

ソニヤはドアに着く前からパパと呼ぼうと決めていたのだろうか、それともそのとき思わず口に出たのだろうかとたまに考える。どちらでもかまわないが、それでもソニヤが戸口に立ってわたしを見ている場面を何度か思い浮かべた。どちらだったかは知りようもないが、思わず口に出たのだと思いたい。なぜならそのときのソニャは、わたしが答えるのにどうしてこんなに時間がかかるのかと、じれったそうにしていたからだ。

ソニャはオッリのこともパパと呼んだ。それは少しも気にならなかったし、わたしが知るかぎりオッリも同じだったはずだ。たしかにオッリは実の娘にもう少し関心を向けてもよかった。けれども、再婚して新しい妻エヴァとのあいだに子どもが生まれてからはそうもいかなくなった。見たところエヴァは仕切り屋タイプの、少しばかり自分勝手な女性で、インガは嫌っていた。このような状況ではよくあることだ。インガはますますオッリとの関係が悪くなり、娘のことで何度か話そうとしてみたが、うまくいかなかった。いっぽう、わたしはオッリととても気が合った。だから、結局インガはわたしに彼と話してほしいと頼んだ。オッリは率直に板ばさみの状況を打ち明け、わたしに助けを求めた。「じきに状況はよくなるはずだ」彼は言った。「それまで、今よりもっとソニャのそばにいてくれるとありがたい、そしてインガが自制心を失いそうになったらなだめてほしい」

わたしはオッリの頼みを聞き入れた、そうしない理由がどこにある？　正直に言えば、これで争いごとが減ると思った。ソニャの気を引きたくてオッリと張り合っていたつもりはないが、あとから考えると、わたしが彼の頼みに応じたのは純粋な親切心と思いやりによるものではなかったかもしれないと思わざるをえない。だが、そう思いはじめたのはずっとあとになって、インガが亡くなってからで、そんな憶測をいま蒸し返しても意味がない。

このときの経験は、いまから一年ほど前、グンナルと彼のパートナーが悩んでいたときに役立った。グンナルはわたしの店で十年近く働き、二〇一六年に給仕長《ヘッドウェイター》になった、とても優秀な、レストラン業界でもトップクラスのウェイターだ。グンナルはゲイで、去年結婚した。だから正確には彼の〝パートナー〟ではなく〝夫〟と呼ぶべきかもしれない。ともかく、そのころいつものグンナルらしくない日が続き、ふさぎがちで、考えこんでいるように見えたので、どうかしたのかとたずねた。最初はなんでもないと答えたが、やがて彼と夫（スヴァーヌルという名前だと思うが、確信はない）は子どもをほしがっており、完璧な代理母を見つけたと打ち明けた。正確には子どもは二人ほしくて、グンナルが一人の父親、夫がもう一人の父親になると決めたという。わたしにはあまりに手まわしがよすぎるように思えたが、そのことで彼をからかうのは——たとえ軽い調子でも——やめておいた。理想的な代理母が見つかって喜んでいいはずなのに、二人は仲たがいし、グンナルは途方に暮れていた。彼の夫が、子どもたちに自分のことはパパ、グンナルのことはグンナルと名前で呼ばせようと提案したというのだ。夫は当たり前のように、夕食に何を食べるかとか、夏休みにどこへ行くかとかを相談するような口調で言い、グンナルが反対するとは思ってもいなかった。優れたウェイターはみなそうだが、グンナルもよく気がきき、柔軟で、どんな場面でもめったに動じない。だが今回ばかりは深く傷ついた。グンナルはそう言い、どうして逆ではだめなのか、どうして子どもたちは彼をパパと呼び、夫を名前——間違いなくスヴァーヌルだ——で呼んではいけないのかと夫にたずねたそうだ。

二人は口論になり、たがいに言ってはならないことを口にした。一時は感情的になったが、しだいに落ち着いて仲直りし、納得のいく解決策を探すことにした。そうやって歩み寄ったものの、どれもうまくいかなかった。いくつか妥協案を考えたとグンナルは言った。ひとつは、最初の子がグンナルをパパ、夫をスヴァーヌルと呼び、二番目の子がスヴァーヌルをパパ、グンナルを名前で呼ぶというものだ。だがこれは、子どもたちはもとより、自分たちもひどく混乱することに気づいた。そんなわけで、二人は当面、子どもを持つのは先送りし、代理母には別のカップルに提供されるのを覚悟で知らせるつもりだと言った。

わたしは喜んで救いの手を差し伸べた。簡単なことだ——わたしはグンナルに言った——子どもはきみたちをどちらもパパと呼べばいい。そう言って自分の、とてもうまくいった経験を話した。予想どおりグンナルは山ほど質問し、わたしはそれに難なく答えた。さらに、必要ならば——ときどきソニヤが誤解を避けるためにやったように——グンナル・パパ、スヴァーヌル・パパと呼ばせればいいとも提案した。

二人はわたしの助言を受け入れ、スヴァーヌルはわたしに電話までかけてきた。そのさい彼はこの取り決めに関してさらにいくつか質問し、〝グンナルから会話の内容は詳しく聞いたけれど〟と言いながら、わたしからじかに経験談を聞きたがった。

いま二人にはビルタという幼い娘がいて、最後に聞いたところでは、あと何人か子どもを持つつもりらしい。ただ、それはパンデミックの直前だったから、いまごろは考えを変えたか、少なくとも計画は保留になっているかもしれない。二人はいま一週間の隔離期間中だ。どちらも無症状だが、スヴァーヌルの同僚がウイルス陽性になったという。どんな様子か、今日グンナルに電話してみよう。ここ数日連絡がないし、給料を口座に振りこんだことも伝えておきたい。

ビルタは一歳の誕生日を迎えたばかりで、わたしの助言をためすにはまだ早い。この件に関して、わたしは頭から決めつけすぎたのではないか、うまくいかないときの対処法が不充分だったのではないかと、あれからずっと気になっていた。だが、たぶん心配はいらないだろう。あの二人はうまくやっているし、ビルタにはそのようなものとして最初からそのルールを受け入れるという強みがある。

そろそろ本気でソニヤに電話をかけなければ。これまでついあとまわしにしていた。スーツを脱ぎ、衣装だんすにかけたらすぐに。結局、日本には喪服を持っていかないことにした。

ソニヤが母親の追悼記事を書くと決めたときは驚いた。古い人間と言われるだろうが、昔は子が親のことを書く習慣はなかった。街の通りでもなく——地元新聞の紙面でもなく——黙って喪に服するのがふさわしいと思われていた。だが、さっきも言ったように、わたしがたんに時代遅れなのだろう。

記事の内容にはそれに劣らず面食らった。まるで知らない女性について書かれているような気がしたからだ。もっと言うなら、ソニヤが——わたしがその存在すら知らなかった——彼女の内なる語り手を解き放とうと決めたような感じを受けた。

〝母はいつもクヴェラゲルジに住むのを夢見ていた〟——たとえばソニヤは記事のなかでそう書いた。クヴェラゲルジだと、ばかな！　インガはそんなことはひとことも言わなかった、ただの一度も。クヴェラゲルジの村になどかけらも興味を示したことはなかった——週末になるとアイスクリームやキュウリを買いに、あるいは地熱温室のなかで飼われるサルを見るために人々がかの地に群がりはじめたころでさえ。夫婦二人きりになってからも、インガはレイキャヴィークのテラスハウスから引っ越そうとすらしなかった、たとえそれがもっとも理にかなっていたとしても。二人で暮らすのに二百五十平方メートルの家は広すぎたし、ましてやそのとき目前に迫っていた高額なリフォームなど、わたしなら喜んで断っただろう。だがインガは頑として考えを変えず、わたしは彼女がやりたいようにやらせることに決め、引っ越しの件は頭の隅に追いやった。ふたたびこの話をしようと考えていた矢先にインガは病気になった。その後は当然ながら、引っ越しを言い出す機会はなかった。

ソニヤが書いた記事のことは無視し、初めて内容を知ったのが葬儀の日の朝、新聞を開いたときだったことにも腹を立てないのが賢明だったのだろう。そうするのが何より賢い態度だとわかっていながら、どうしても気持ちが収まらなかった。黙ってはいられないと決めたときも、電話ではなく、直接ソニヤと顔を合わせて話すべきだった。だが、ときにわれわれはそういうことを見落としてしまう。たしかにわたしは困惑していた。そう、正直なところ、かなりショックだった。

「クヴェラゲルジ？」わたしは言った。「母さんはわたしの前でクヴェラゲルジのクの字も言ったことはなかった。ただの一度も」

「パパには言わなかったのかもしれない。それともパパが聞いてなかっただけかも」

「クヴェラゲルジに引っ越したいと、母さんがおまえに話したと言うのか？」

「ママの追悼記事で、いちばん気になったのがそこだなんて変ね」ソニヤは言った。

すぐには答えなかった。変に思えた箇所はほかにもあったが、それについてはもっとじっくり話す時間が必要だとわかっていた。

「気になったところはたくさんある」ようやくわたしは答えた。「内容を事前に見せてくれていたら誤解は正せたはずだ。クヴェラゲルジはひとつの例にすぎん。おまえがあんなふうに母さんを記憶しているとしたら残念だ」

ソニヤの奇妙な振る舞いを〈悲嘆のプロセス〉のせいにしておけばよかったのかもしれない。五つの段階――それとも七つだったか？――がどの順番で現れるかを覚えられたためしはないが。けれども、そこにはもっと根深い何かが作用していた、わたしが見失ったとしか思えない過去から生じた何かが。たしかにインガは前に、わたしがソニヤを甘やかすのは無関心の表れだと言ったことがあった。そのときは深刻には受け止めなかった。こんなことを言うときのインガはたいてい機嫌が悪かったからだ。

追悼記事については、ソニヤともっと話をしたいとつねづね思っていたが、そこから得るものは何もなかった。わたしの怒りは次第に治まった、あれをそう呼べるとすれば。なぜならわたしは怒りよりも何よりもショックを受け、傷ついていたからだ。〝傷ついた〟というのは少し違うかもしれない。実際は、あれほどまで――インガとの結婚生活に突然、別の光が当たったと思わされるほど――ソニヤに腹を立てた自分をいくらか恥じていた。奇妙な光。ゆがんだ、よそよそしい光と言ってもいい。

さいわい、このような感情はすぐに消えた。新聞の記事はひとまず忘れ、二、三日たってからようやく読み直した。ほかの人が書いた追悼記事もそのときまで読まずにいたが、ソニヤの書いたものとは明らかに調子が違った。他人が書いた文章は　どれもインガの人となりや、わたしとの関係が彼女にふさわしい言葉でつづられていた。その時点でわたしは気づいていた――わたしの心にいちいち引っかかったあれこれは、明らかに他人の目には留まらないものであり、まさしくそれこそが目的だったということに。ソニヤにはみごとにしてやられた。あの子は文章が下手なのではなく、遠まわしな表現にきわめて長けていたのだ。

ソニヤとわたしは教会で隣どうしに座った。ヴィッリはまだ生まれていなかったが、ソニヤとアクセルは数カ月前から一緒に暮らしはじめており、彼も並んで座っていた。葬儀が終わったあと、わたしはソニヤに腕をまわし、長い、心からの抱擁を交わした。だからなおのこと、あとになって、わたしが葬儀で泣かなかったとソニヤに責められたときにはひどく驚いた。

またもやソニヤに電話をかけそびれている、いや、それを言うなら先送りだ。出発前に話すのを避けたいわけではないし、時間切れになるまで先延ばしするつもりもない。やるべきリストに、それより急ぎの案件があるだけだ。たとえば、賃貸料の件でフリッシに電話をし、状況を説明した。予想どおりフリッシは反対し、閉店を踏みとどまらせようとしてから、これ以上、賃貸料は受け取れないと言った。結局、残った契約期間の十四カ月ぶん丸々ではなく、半年ぶんを払うことで話がついた。これで従業員に解雇手当を上乗せできるとわたしは言い、フリッシに感謝した。

「これからボッガが料理をしたくないときはどこで食べればいい？」とフリッシ。

実際はフリッシと妻が例の取り決めを利用したことはほとんどなく、たまに二人が店で食事をしても、フリッシは金を払うと言い張った。せいぜい食前酒かグラスワイン、デザートをサービスする程度だった。

「ボッガは面倒見がいい」わたしは言った。「あんたが飢え死にすることはない」

「日に二回も散歩に連れ出される。犬でもあるまいに。まったくうんざりだ」

わたしは海外に行くと告げた。

「なんだと?」

「店舗のほうは明日にでも売りに出せるよう、すべて整理していく」わたしは言った。「面倒でなければ、戻ったときに家具だけは引き取りたいんだが……」

フリッシは、もういちど閉店を思いとどまらせようとしてあきらめ、またもや現在のひどい状況を嘆き、終わりなき散歩に連れ出す妻をぼやいた。

荷造りが終わった。湯呑みはビニール袋に入れ、念のため、さらにふきんで包んだ。いつ洗濯できるかわからないので、靴下と下着、シャツとTシャツはたくさん持っていこう。さらにズボンが二本と薄手のセーターが二枚。天気予報によれば、これから数日は暖かく、気温は十六、七度くらいになるらしい。そして断続的な雨。だから青いウインドブレーカーを着ていくことにした。これなら軽くて快適だ。

ヴァニラエッセンスの中身を空にしてアフターシェーブローションを入れる。わずか三十ミリリットル入りだから、機内持ちこみ限度内だ。日本に着くまでは持つはずで、着いてから普通サイズのボトルを買えばいい。持っていく本は『初心者のための日本語』と『日本の伝統詩選集』の二冊。詩の本は、タカハシさんからもらった俳句集が数年前に忽然《こつぜん》と家から消えたとき、ウイストゥルストライティの書店〈エイムンドソン〉で購入した。どちらもペーパーバックで、たいして場所は取らない。

夕食にはまた残り物を温める。後片づけをしてから、ようやくソニヤに電話した。応答はないが、留守電に伝言は残さない。かけたことはいずれわかるはずだから、残しても意味がない。正直、ほっとする。もしかしたら明日までかかってこないかもしれない。ソニヤは高齢者専門のソーシャルワーカーで、ウイルス感染が始まって以降、多忙をきわめている。彼女は自分のことを最前線ワーカーと呼ぶ。それにはなんの異論もないが、ソニヤは注目されたがりのところがあり、いつも少しばかり大げさだ。熱心に働き、支援享受者《クライアント》に手厚い世話をしているのだから、忙しいのも無理はない。

ソニヤがふたたびわたしと定期的に連絡を取りはじめたころ、いまから二、三年前だが、わたしに対してはクライアントの一人として接するのがいいと判断したようだ。わたしたちの会話はおおむね、彼女の質問にわたしが答え、それが次の質問につながったり、同じ質問の言い換えになったりするパターンで成り立っている。たとえば——

「運動は足りてる？」

「と思う」

「週に何回？」

「何回？」

「そう、つまり、たとえば週に何回、散歩する？」

「数えてはいない」

「しいて言えば、二回くらい……？」

とまあ、こんなふうに。そもそも二人の会話はソニャの質問とわたしの答えだけでできていて、わたしは必要もないのについ身構え、たいていは答えをはぐらかす。しかもソニャは相手を非難していると思われないよう、こちらの意見を引き出すような質問をするべく訓練されているらしい。たとえば〝運動は充分足りているように感じる？〟とか〝時間があればもっと散歩に行きたいと思う？〟とか。

たまに、クライアントに見透かされなければいいがと言いたくなるが、やめておく。

ケプラヴィーク空港まで車で行き、長期駐車場に停めておこうかとも考えたが、いまこうして食事をしながらソニャのことを考えているうちに、やめたほうがいいと気づいた。まず滞在がどれくらいになるのかわからないし、もしわたしに何かあった場合、ソニャにケプラヴィーク空港まで車を取りに行ってもらうのは気がひける。それにかかる手間をぼやくソニャが目に浮かび、声までが聞こえるようで、考えただけでも申しわけない気分になる。だから車は家に残し、中央ターミナルから午前六時発の空港行きシャトルバスに乗ることにした。

チョコレートの箱には、意外にも見知らぬ山の写真がついていた。高い斜面にうっすらと雪が積もり、晴れた上空には雲がふたつ、つねにそこにあるかのごとく浮かんでいる。雪のように白い小さな雲の切れ端は、いまできかけているところか、あるいは消えかけているかのようにところどころほどけていた。ふもとでは、岩だらけの荒れ地を小川がゆっくりと流れているようだ。太陽は空の高い位置にある。晩春か初夏のころだ。

どこで撮影されたものか、箱のどこにも書かれていない。さてどうしよう。もし彼女にどこの山かときかれ、何も答えられなかったらちょっと恰好《かっこう》がつかない。ほかの二種類の箱は、片方がグトルフォスの滝、もう片方はゲイシル間欠泉の写真だが、最初のは大きすぎて、もうひとつはかなり小さい。このふたつの自然の驚異にはなんの文句もないが、わたしはなぜか見知らぬ山を選ぼうとしていた。

免税店はほかに客はなく、空港じたいが閑散としている。シャトルバスの乗客はたった三人で、チェックインカウンターに向かうとき、キャスターつきのスーツケースの音がやけに大きく響いた。免税店のある二階はさらにがらんとして、ふいに孤独を感じる。

そのとき携帯電話が鳴り、びくっとした。二メートル離れて立っていた店員も驚いたようだ。わたしはちょっとあたふたし、ポケットの携帯を探すのにもたついた。

ようやく携帯を取り出し、ちょっと待ってくれとソニヤに言ってからチョコレートの代金を払い、カウンターから離れる。

「いったいどこにいるの？」

わたしは答える。

「えっ？」

「海外に行くと知らせたくて昨日、電話した」

「どういうこと？」

「日本に行く」

電話の向こうの静けさが周囲の静けさと混じり合う。

「日本？」ようやくソニヤが言う。

「ああ。ロンドンで乗り換えて……」

「クリストファー……。パパ、大丈夫なの？」

「もちろん」

「日本に行く理由をきいてもいい？　このパンデミックのさなかに」

「向こうに住む友人たちを訪ねようと思う」

「友人たち？」

ソニヤが面食らうのも無理はないが、いったいいつまで驚いた口調を続けるつもりなのか。

「店は閉めた」わたしはそう言い、きかれる前に言葉を継いだ。「完全に」

ソニヤにショックをあたえたくて言うのではない。そうではなく、あとで隠しごとをしていたと責められないよう、手持ちのカードをすべて見せておきたいだけだ。

「パパ。ねえパパ……。いきなりこんな……。もうチェックインしたの？」

「ああ、ちょうど二階の店で買い物をしていた。そろそろ出国ゲートに行く時間だ。もうすぐ飛行機が出発する」

「パパ、こんなことして本当に大丈夫？……ヴィッリがパパのことを気にして……。テディベアを買ったかどうか……」

困惑するわたしにソニヤは、新型コロナウイルス感染拡大のあいだ、親と散歩に出る子どもたちを喜ばせようと人々が家の窓に人形を置きはじめたことを説明する。

「ヴィッリはおじいちゃんの家の窓にテディベアがいるかどうかを知りたくて……」

「知っていればやっていた」わたしは答える。「いまさら遅い」

責めるつもりはなかったが、ソニヤは弁解する。

「そんな急に海外に行くなんてわかるはずないじゃない……」

「もうすぐ出発だ」わたしは繰り返す。「着いたら連絡する」

「もう少し話せない？」

「心配いらない」わたしは言う。

「正直、まったく理解できない」ソニヤは自分の考えを質問の形にするのも忘れて言う。今回ばかりはそんな余裕もないらしい。

ソニヤにさよならを言い、ヴィッリによろしくと伝えるが、アクセルのことは忘れた。必ず旅の途中で、早ければロンドンから連絡すると言って電話を切り、わたしは携帯をポケットに戻す。

離陸してからメガネをかけ、携帯でフェイスブックを開く。昨日の朝以降、ミコからはなんの連絡もなく、不安が胸をよぎるが、たしか彼女から初めて連絡があったあとも次の返信まではしばらくかかったと、無理に理由をつけて気を取り直す。あれがつい三日前だったとはとても思えない。

機内は半分が空席だ。飛行中は新聞を読み、そのあとはノートを取り出して回想にふけっている。ノートは詩の本と語学入門書と一緒に詰めてきた。レストランのデスクのなかにしまっておいたもので、ほかの三冊は家にある。これを選んだのは持ち歩きやすいからだけでなく、ほかのノートより多くの俳句が書いてあるからだ。わたしが作った俳句と、タカハシさんが作ってわたしが書きとめたものが両方入っている。タカハシさんのほうが格段にうまいのは言うまでもない。それでも、たがいに詠み合ううちにわたしは少しずつ上達した。というか、タカハシさんがそう言ったのをおぼえている。

俳句とは各行が五・七・五音節からなる三行詩で、想像がつくとおり、肝要なのは――タカハシさんいわく――思いや感情を少ない言葉でかつ印象深く伝えることだ。言うほど簡単でないことは言われなくてもわかった。いい俳句を作るコツについて初めて二人で話をした夜、それには何が必要ですかとわたしはたずねた。タカハシさんは、ぴったりの言葉を見つけ、ぴったりの順に並べるだけだと言って、さもおかしそうに笑った。タカハシさんは冗談を好み、まじめでこむずかしい会話を避けるタイプで、ミコのユーモアセンスがどこから来たのかは探すまでもなかった。

実際のところ、俳句を詠もうと思えば、たとえ初心者でもある程度のセンスと言葉に対する興味が必要だ。訓練を積めば、言葉と形式をうまく融合させ、俳句の持つ簡潔さと率直さで読み手の心に響かせ、たとえ一瞬でもはっと立ちどまらせることができるようになる。それが数少ない天才になると、三行のなかに日々の暮らしと自然の移り変わりを継ぎ目なく縒《よ》り合わせ、ひとつのイメージを作り出しながら次の瞬間には音もなく消し去ってみせ、そこに読み手は驚嘆し、息をのまずにはいられない。

わたしは、タカハシさんと自分が詠んだ句の一部――できるだけ写実的なもの――を数年前からまとめはじめ、半分が白紙のこのノートに書き写した。タカハシさんの英語は悪くなかったが、本人は日本語で書いた俳句のほうがいいと言っていた。たしかに、ときどきミコが文法を手伝っていたから、日本語で作るより英語で作るほうがはるかに時間がかかると言ったのは本当だったのだろう。それでもタカハシさんの句に苦労のあとはなく、どの作品にも、さりげないがなんともいえない魅力があった。

早日暮《はやひぐ》れ
空に星影
通りに灯《ひ》

タカハシさんがこれを詠んだのは七月だった。口の広い小ぶりの壺《つぼ》からこの句を取り出そうとして、ちょうどミコがドアを開けたこともおぼえている。まるでタカハシさんが詠んだ街の灯《あか》りをミコが運んできたかのように。

ともかく、わたしが最後に送ったメッセージにミコからの返事はない。返事がほしいとは書かなかったから、別に不思議ではないのかもしれない。もっぱらわたしは考えにふけり、過去を思い返し、人生はときになんと不思議で、時間とはなんと相対的なのだろうといったことに思いめぐらしていた。ミコはわたしに住所を教えた——一昨日のことだ。

〝でも何も送らないで〟ミコは言った。〝本当にその必要はないから〟

わたしが日本に向かっていることをミコは知らない。まだ伝えておらず、もう少し旅が進むまで知らせるつもりもない。うまくいかないことはつねにあるし、彼女にいらぬ心配はさせたくない。

東京行きの便が明日に延期になった。チェックインカウンターでは制服を着た航空会社の係員二人が集まった乗客に向かって、現在の感染状況から本日の運航はすべて取りやめになったと説明する。しかしながら——と客の質問に答え——明日の便には全員の予約がされており、座席も充分ございますからご心配は無用ですと保証した。

今日の便は延期ではなく欠航ではないかと思ったが、細かいことにはこだわるまい。係員は誠実で、できるかぎりのことをしている。空港ホテルの割引券まで用意し、乗客のなかには受け取る者もいるようだ。だが、わたしは何があってもあのような場所では寝たくない。胃腸炎になってヒースロー空港に四十八時間近く閉じこめられて以来、むしろあの手のホテルは避けている。もうずいぶん昔の話だが、いまだに忘れられない——殺風景な部屋、変な味のする水道水、駐車場と倉庫しか見えない窓。あの独特の空虚さは体のなかまで忍びこみ、胃腸炎そのものよりもわたしから気力を奪い、その後も長くつきまとった。

だから、気がつくとわたしはロンドン中心部に向かう特急電車に乗っていた。車両は半分も埋まっておらず、ほかの乗客との距離を気にするまでもない。かつてここで暮らし、つかのまでもこの街に落ち着こうかとさえ考えたのに、いまではほかの旅行者と少しも変わらない、あとに何も残さず去った旅人のような気分だ。

ロンドンに来たのは経済学を学ぶためだった。大学にはアイスランド人が二人いた。ヨウイ・スティンソンとわたしだ。それまではたがいを知らなかったが、大学のまさに初日に知り合った。すぐに友だちになり、勉強仲間になり、大学の外でもよく会うようになった。とりわけ、週末は教科書を脇に置き、一緒にビールを楽しんだ。一年目は学問に夢中になった。講師陣は優秀で、施設もすばらしく――たとえば図書館はこれ以上ないほど充実していた。そのころ大学はまだ比較的平穏だった。二年目に入ると学生抗議運動が始まり、三年目に初めて暴動が起こった。そのころには、わたし自身を含め、すべてが変わっていた。

ソニヤがわたしの学生時代の写真が入った封筒を見つけたのは、彼女がまだグラマースクールに通っていた十六、七歳くらいのころだ。わたし自身と、街のあちこちを写したものが数枚ずつ、ヨウイ・スティンソンの写真も一、二枚あった。散らばっていた写真を適当に封筒に突っこんだだけの、よくある寄せ集めで、何かを物語るものでもなければ、とくに何かの証拠になるようなものでもなかった。

ソニヤがいちばん興味を示したのは、わたしの外見が大きく変わっていたことだった。わたしが面白いだろうと思うような写真にはほとんど目もくれなかった。たとえば夜明け直後のテムズ川とか、夕暮れのハイドパークのまるで生きているような木々の影とか。そう見えるのは光のせいだと説明してもソニャはなんの関心も示さず、束のなかからわたしの写真を何枚か取り出し、残りは封筒に戻した。

ロンドンに着いてすぐにキヤノンのカメラを買い、とくに最初の数カ月はよく写真を撮った。わたしが大学のオールドビルの正面で写っているのは最初の週にヨウイが撮ったもので、ソニャはその写真と、大学最後の月――正確には大学をやめる直前――に撮った写真を見比べた。最初の写真のわたしは髪が短く、ひげもなく、灰色のズボンに白シャツにネクタイ、その上に、たしかオックスフォード・ストリートで買ったツイードのジャケットを着ている。それが、あとのほうの写真では髪を伸ばし、あごひげを生やし、丸メガネをかけ、ネクタイはとうにつけなくなり、着ているジャケットもかなりしわくちゃだ。誰が撮ったのかおぼえていないが、たぶんヨウイではない。

ソニャがあれこれききたがるので、当時、世界で何が起こっていたかをできるだけ詳しく話してやった。ベトナム戦争とそれがもたらしたもの、一九六八年春にフランスで起こった学生による一斉蜂起、そのほぼ一年後にロンドンで起こった直接行動について。「パパも参加したの?」抗議行動と大学当局との対立、学生がキャンパスの一部を占拠しようとし、大学側が建物の入口や内部にもバリケードを張って抵抗した様子を話すと、ソニャは何度もそうたずねた。

「でも学生たちは突破した」わたしは言った。「その結果、当局は丸ひと月、大学を閉鎖した。再開したころには、パパは勉強を続ける意欲をすっかりなくしていた」

ソニヤはわたしを見つめ、それからあごひげと丸メガネの写真を、同じ人間とはとても思えないというように見て言った。「パパじゃないみたい」

さらに、《社会主義再考》と題してわたしが書いた記事が少しばかり注目され、自分たち革命論者の声明めいたものになったことまでつい口をすべらせた。だが、ヨウイ・スティンソンがそれを《クリストファー再考》と茶化し、共通の友人たちと冗談の種にしたことは黙っていた。

たぶんソニヤは、わたしと、わたしが若いころ学生運動をしていたことに尊敬の念を抱いたのだと思う。そのことで少しばかりいい気分になったのは確かだ。ソニヤがそのころ父親――つまり実の父親――とひんぱんに会っていた理由は記憶にないが、その事実にわたしの心は思った以上にざわついていた。

「これは誰？」ソニヤは六八年のクリスマス直前、暴動が起こるひと月ほど前に撮られたヨウイとわたしの写真を引っぱり出してたずねた。わたしは友人のことを話した。

「この人はぜんぜん変わらないね」ソニヤは言った。「パパの最初の写真とまったく同じような服を着てる」

「ヨウイはいまでも最初の写真のパパみたいな恰好だ」たしかそう答えたはずだ。

ヨウイ・ステインソンについてはもう少し話してもよかったが、そこでやめた。いずれにせよソニヤは興味を示さなかった。知りたがったのはわたしの過去だ。

「大学をやめてから何をしたの？」

電車がパディントン駅に吸いこまれると同時に、ソニヤの問いが頭のなかでこだまする。移動中に携帯でホテルを探すつもりだったが、まだ手もつけていない。でも、時間はたっぷりある。わたしを待っているのは、何もすることのない午後だけだ。


わたしはモンマス・ストリートにある小さなホテルの居心地のいい部屋に落ち着いた。窓からは舗装された通りが見え、少し頭を差し出せば向かいの家並が見わたせる。二階か、せいぜい三階建ての低い建物が並び、一階は店舗やレストラン――カフェ、新聞スタンド、靴修理屋――で、上階はオフィスや貸し部屋のようだ。道行く人はほとんどいない。時刻は午後三時を過ぎたばかりだ。

言うまでもなくホテルは選び放題で、ここのように宿泊料半額を謳《うた》うホテルもいくらでもあった。とはいえ、このあたりは誰もが選ぶ場所ではない。なにしろ駅から歩いて一時間近くかかる。けれども、わたしの心は過去にとらわれていたか、少なくとも、ここに住んでいたころの記憶が頭に残っていたらしく、携帯を手に駅の外のベンチに座ったとき、ここ以外の場所はほとんど調べもしなかった。

でも後悔はない。ホテルは一流で、部屋は庇《ひさし》の下だが、広々して快適だ。隅の小テーブルに置かれた小さな花瓶には花が数本活《い》けられ、ナイトスタンドの上には果物の入った鉢が置いてある。本棚には、かつてここに〈フランス病院《フレンチ・ホスピタル》〉があった当時の写真が飾られ、まだよく見てはいないが、ハードカバーの本が数冊並んでいた。

ここから目と鼻の先にある大学キャンパスを訪ねようと思ったわけではない。フロントの男性によれば、大学は早ければ明日にも閉鎖されるかもしれず、近々ロンドンが封鎖されるという噂《うわさ》もあるという。確かなことはわからないと念を押しつつも、いちおう伝えておくべきだと思ったのだろう。

「そのような状況になればホテルも閉めざるをえません」フロント係は言った。

ここに来るまでに、この数年あまり考えてこなかった、というか、たぶん考えまいとしてきたいくつかのことに向き合うにはいまが絶好のときだと思いいたった。考えてこなかったのは、恥じることが何もないからではなく、過去にこだわるのは時間の無駄で、不毛だと思っていたからだ。けれどもいま、とつぜん、わたしの時間はわたしだけのものになり、ほかにすることは何もない――少なくとも今日のところは。主治医の言葉も頭をよぎる。それは、わたしのような状況にある人のいかに多くが、医者の勧める運動だけでなく、過去にやり残した問題に取り組むことにやりがいと解放感を覚えるかというものだ。わたしはそのような重荷は背負っていないし、やり残したこともないからきっと幸運なんだろうと答えると、医師は持論を引っこめ、やりかけの仕事をやりとげるべきだとか、そんなふうに言い換えた。

過去を振り返る気になったのは、写真を見ながら交わしたソニヤとの会話を思い出したせいだ。それを言うなら、ヨウイの葬儀に出たときからすでに学生時代を思い出しはじめていた。それは牧師が、ヨウイがLSE――ロンドン・スクール・オブ・エコノミクス――出身だったことに触れ、容積指数や物価指数、収益還元法や国民経済計算にまで言及したからだ。牧師が故人の学業と業績について何か言うべきだと思ったのはごく自然なことだが、彼の知識は、当然ながらいかにもおぼつかなかった。一度ならず言葉や語句を――とくに具体的な用語や概念を言おうとして――言い間違え、もっと一般的な話題にしたほうがよかったのは疑いようもなかった。充足と幸福の話に戻ったときには見るからにほっとしていた。

ともかく、わたしはパディントン駅の外のベンチから立ちあがると、ホテルまで歩くことにし、ここロンドンで過ごした学生時代と、それについてソニヤと交わした会話をふたたび考えはじめた。あの古い写真の束を前に二人でコーヒーテーブルの椅子に座り、わたしは経済学に興味を失ったこと、根本的再考どころか全面的な見直しが必要となった世界において経済学にどんな意味があるのかと疑問を持ちはじめたことを話して聞かせた。話の要点はたしかこんな感じで、まったく同じ表現ではなかったにせよ、わたしが大学をやめたことと、あのころ世界じゅうで起こっていたことを直接、関連づけて話したのは確かだ。さっきも言ったように、ソニヤは興味津々で、わたしの一言一句に聞き入り、わたしの新たな一面を発見したというか、別の、もっと面白い人間を見つけたとでも言いたげだった。この会話のあと、ソニヤは当時をさらに知りたがり、わたしの古いビートルズのレコードを掘り返して、まだリビングルームにあったレコードプレイヤーでかけさえした。ソニヤの態度は変わった。前よりもわたしに敬意を持ったようだった。

よくあることだが、事実はソニヤに見せたかったバージョンよりもいくぶんこみ入っていた。ごまかしたわけではないが、もう少し正直に言ってもよかったかもしれない。

実のところ、わたしはグラマースクールの優等生で、成績がそれを証明していた。授業以外でも、フィクションかノンフィクションかを問わずたくさん本を読み、生き字引とまで呼ばれた。誰も知らないような話題を知っているとまわりに感心され、自分が特別な人間になったような気がした。解けない問題があると、友だちやクラスメートがいつもやって来た。〝クリストファーにきけばわかる〟――誰もがそう言った。得意にならなかったわけがない。

経済学に興味を持ったのは、たまたまドイツ留学から戻って来たばかりの若い講師が歴史の教師に代わって二、三週間、授業をしたのがきっかけだった。彼はいかにも新しい考えかたを持った若者らしく、生徒と熱く意見を交わし、わたしはその姿に影響された。たいていの人が退屈だと感じる科目に美しさを見出し、これまで教科書で学んだ経済学者たちが数字と仮説と方程式を通して、どんなふうに人間の行動を的確かつ正確に説き明かそうとしてきたかに感銘を受けた。おそらくわたしは、経済学が持つ具体性、原因と結果の明確な関係性に魅了されたのだろう。

ひと夏、漁船で働いて金を貯め、奨学金を得た。ロンドン・スクール・オブ・エコノミクスに入学を認められたときは天にものぼる気持ちだった。

大学でもいい成績を収めたと言っていいだろう。もちろん必死で勉強した——多くの学友と同じように。ただヨウィ・スティンソンだけは違った。なんの努力もしていないように見えて、あらゆる科目で抜きん出ていた。

最初はそんなふりをしているだけだと思った。きっと誰も見ていないところで——たとえば夜中、みなが寝ているあいだに——勉強しているのだろうと。だが、彼と親しくなり、頭のよさを目《ま》の当たりにするようになって、その読みがはずれていたことを知った。

それでもまだ、ヨウィが優れているのは数学や数字に関する能力が必要な科目にかぎられると思っていた。彼はどんな問題にも驚くべき速さで答えた。わたしなら一時間かかる問題をヨウィは十分で解いた。わたしがひとつの問題に頭を悩ませているのを見るたびに驚き、そんなのわかりきってるじゃないかと言いながら、決まって答えを見せるのだ。わたしがやめてくれと言うと、彼は驚き、わたしが苛立つ理由を理解できなかった。

やがてわたしは、ヨウィが数学の問題を解くのと同じくらい論文を書くのもうまいことを知ることになる。それがわかったのは三学期になり、マクロ経済学の最終論文を提出しなければならなくなったときだ。論文に取り組もうと腰をすえた、あの金曜日の天気をおぼえている。週末を丸々、図書館で過ごしたことも、座った机がどれだったかも——たしか誰かが〝キスしてサリー〟と彫りこんでいた。そのころには、授業以外でヨウイと会うことは少なくなっていた。避けていたわけではないが、わたしはヨウィの知らない別の友人たちと付き合うようになり、以前ほど一緒にいる時間は多くはなかった。それでも、ともにマクロ経済学を学ぶ学生であり、論文の課題をあたえられたその金曜の昼休みにノートを見せ合うのはごく自然なことだった。

ヨウイはたいてい寮の部屋で勉強した。だから彼が土曜の遅い時間に図書館に現れ、今夜パブに行かないかと誘ってきたときには驚いた。好きなバンドが演奏すると言う。わたしはヨウイが論文を終わらせたとは夢にも思わず、そんな場合じゃないことくらいわかるだろうと思いながら、遊んでいるひまはないとそっけなく答えた。

「え？　まだ終わってないのか？」ヨウイはそう言った。

学業に興味を失ったのが彼のせいだと言うつもりはない。ヨウイが優秀すぎただけの話だ。そのことに彼自身、もう少し慎ましくなってもよかったかもしれないが、それでも彼を責めてはいない。

当然ながら、ソニヤにヨウイ・スティンソンの話はしなかった。それどころか、彼のことはたぶん誰にも話したことがない。わたしが自分の能力を見直すにあたって、彼がどんな役割を果たしたかという部分については。正直なところ、自分自身にも言ったことはなかった。

ソニヤと二人で写真をながめ、大学で過ごした最後の数週間や、ベトナム戦争とそれがもたらした変化について話しながら、わたしはいい機会とばかりに、人生においては自分の道を探すことが何よりも大事だと説いた。経済学をあきらめたことは一度も後悔していない――わたしは言った――あれは自分にとって正しい選択だったと。わたしはいつもより父親らしい口調で言い、ソニヤが聞き入っているのを感じた。いま思うと、わたしはあのころ抱いていた理想にしたがったのだと、みずからを納得させていたのかもしれない。ようやくテーブルの椅子から立ちあがったときは、意義深い会話だったと感じた。

「継ぎ合わせるのが難しいバラバラなイメージだ。それと、脈絡のない文章の断片」

「それは目が覚めたときに？」

「ああ、たいていは」

「たいてい、というと？」

「まあ、だいたいいつも」

「朝に？」

「そうだ。昼には寝ない」

「もちろん、それはそうです。それ以外には……？」

「たまに起きるまでに時間がかかると感じる。以前よりも」

「いまいる場所がわからないと感じることは？」

「いや、だから、バラバラなイメージと中途半端な文章が……」

医師は物腰柔らかく、優しい声で、つねに同じ口調で話す。患者のためを思ってだろうが、同じ質問を何度も、場面に応じて微妙にニュアンスを変えて繰り返すので、ソニヤと話しているような気分になる。そう感じたのは、二度目の診察でテストを受けさせられたときだ。そのときはソニヤと似ている点だけでなく違う点にも気づいた。ソニヤは情報を引き出すような質問をするが、どうやら医師はわたしの記憶をためし、言うことに矛盾がないかを確かめているようだ。なるほどそういうことかと思った瞬間、〝そっちのやり口はわかっている〟と言ってみたくなった。わたしがそれに気づいたと知ったら、医師はきっと感心するだろうと思ったからだ。

「さっきから同じ質問の繰り返しだ、そう見えないように言葉を変えているだけで」

医師の反応を見たとたん、しまったと思った。彼は顔に出さないようにしながらも少し狼狽《ろうばい》し、すぐに気を取り直してこうたずねた――イ、ラ、つ、きましたか。

まさしく彼はそう言った――そのことにイラついたかと。気にさわってはいない、断じて。ただ居心地が悪かったのは事実だ。これこそ医師の診断がいかにあいまいで、間違いでさえある証拠ではないか。なぜなら、かかりつけ医がこの専門医を紹介する前にくれたパンフレットのなかに、まさにこの言葉があったのをすぐに思い出したのだから。そこには、この病を患う人はささいなことでイラつくとはっきり書いてあった。なぜそれをおぼえていたかというと、普段からイラつくという言葉を不快に感じるからだ。わたしはまたしても医師にためされ、彼の診断を裏づけるような症状を見せるのを待ち構えられているような気がした。

「いや、まったく」わたしは答えた。「わたしがそれに気づいたかどうか、ためされている気がしたから言っただけだ」

どうして今こんなことを考えているのだろう？　空港へ行くのに早起きし、しかも昨夜はよく眠れなかったから、ちょっとだけベッドに横になった。こんなときでもなければ昼間に寝たりはしない――医師に言ったことは本当だ。それに、眠ったというより片目を開けたままうとうとしただけで、ずっと意識はあったし、目が覚めたときにバラバラなイメージを継ぎ合わせる必要は断じてなかった。

通りに面した窓は開けておいた。そよ風は暖かく、気温は十二度くらいで、曇り空。ここロンドンによくある気候だ。まだ疲れが取れないので、すぐには起きあがらず、なおも医師と交わした会話を思い返す。

医師は家庭生活についてたずねた。一人暮らしだと言うと、近親者が誰かを知りたがった。当然ながらソニヤと答える。すると医師は彼女の電話番号をたずね、通常の手続きだと念を押した。「念のためです」彼は言った。「何かあったときのために」

だが、ソニヤにはかかりつけ医や専門医を訪ねたことは話しておらず、よほどのことでないかぎり話すつもりもない。わたしはそう伝え、まだその必要はないと言った。医師が連絡先を知りたがっているのはわかっていた。さっきからデスクの上で用紙に何か書きこんでいる。ソニヤの電話番号とメールアドレスを書く欄があるに違いない。もしかしたら、それ以外の親類用の欄も。彼は手を止め、片手でメガネの位置を正し、反対の手に持ったペンを紙からあげた。連絡先を空欄のままにしておくのが不満らしい。この医師はそんなタイプだ。だからわたしは、一人暮らしに関して何か言われたとき、少しからかいたくなった。他愛のないジョークだったが、いらぬひとことだったようだ――「わたしと住んでいるという人に心当たりでも？」医師は一瞬、気まずそうな表情を浮かべ、わたしはあわてて言葉を継いだ。「ほんの冗談だ」

医師は無言で、にこりともせずうなずいた。

いまになって考えると、医師はわたしが何か証拠を示そうとか、弱みを見せまいとしていたとかいうふうに結論づけたかもしれない。つまり、〝わたしにはどこも悪いところはない、その気になればいつでもあなたの間違いを正せるのだから脳みそは完璧に機能している〟と見せつけようとしていたとか。そうではないと思いたい。言うまでもなく、そんな下心はまったくなかった。それでも微風《そよかぜ》に揺れるカーテンを見ながら考えずにはいられない。なぜなら、この会話のあと医師が明らかに真顔になったからだ。

だからこそわたしは、診察が終わる前に雰囲気を軽くしたくなったのだと思う。朝起きて自分がどこにいるかわからないときはないかときかれ、〝ない〟と答えたあと、わたしはここ数日、頭から離れない、最近見た夢の話をした。

わたしは人が集まる場所にいた。全員が男性で、みな似たような身なりをしていた。黒いスーツに白いシャツにネクタイ。下を向くと自分しか見えない。その瞬間、自分が派手な色の靴下をはいているのに気づいた。靴下以外はまわりと同じ恰好をしていたはずだ。もちろん確信はない。だが少なくとも目立ってはいなかった。ともかく、やがて客の半分は死者だと気づいた。それがわかったのは、三台ある長テーブルの椅子に座ったときで、そこでは、死者はテーブルの北側に、それ以外は南側に座ると決まっていた。そんなふうに説明されたのをよくおぼえている。北側と南側。なぜこのルールが変わったのかはわからないが、いきなり全員がふたたび立ちあがり、死者はどこでも好きな場所に座っていいことになった。何より不思議だったのは――わたしは医師に言った――それこそ、この夢が頭から離れない理由だと思うが、このルール変更のあとでは誰が死者で誰が生者かわからなくなったことだ。まったくもって。

そう言ってわたしは声を立てて笑い、医師も笑うだろうと思った。夢の話をしたのは場の空気を軽くしたかっただけなのだから。医師は短くほほえむと、すぐに椅子の背にもたれてたずねた。「それで、あなたは北側にいたのですか、それとも南側？」

わたしは笑いながら、それがわからないことにはたと気づいた。どんなに考えても、自分がどれかのテーブルの、どちら側かに座っている姿を思い描けなかった。


歩いた距離は百メートルもなかった。軽食ならホテルで簡単にとれたが、部屋の窓辺に立っているうちにますます、通りの奥にある小さなカフェに行く価値があるように思えてきた。ふとした思いつきではない。部屋を出るまで、しばらく窓ぎわに立って行き交う人をながめていた。そのころには太陽が雲の隙間から顔を出し、通りの向かいの家並を照らし、そのせいでなおさらそのカフェに引き寄せられたのだろう。カフェのドアは開け放たれ、日光が店内に射しこんでいるのがホテルの窓からも見える。だが、わたしが目を惹《ひ》かれたのは陽射しというより、カフェから出てくる人が入ったときよりも晴れやかな顔をしていることだった。とりわけ、別れる前に舗道で長いあいだ親密そうに抱き合っていた一組の若いカップルが目に留まった。コーヒーの入った紙コップを持ったままハグするのは難しく、二人は飲み物をこぼすまいと、たがいのぎこちないしぐさに笑い声をあげた。

時刻は午後五時。太陽はまだ輝いているが、陽射しはもっぱら家の屋根に当たり、下の通りはひんやりした陰のなかだ。ホテルの外では一人のウェイターが舗道に並べた数台のテーブルにクロスを広げ、それぞれに切り花を挿した小さな花瓶を置いていた。まだ三十そこその年齢だが、ひと目でかなりのベテランだとわかる。それは無駄のない、正確で自信に満ちた動きに見てとれた——実際、目を閉じても仕事ができそうなほどだ。すぐれたウェイターになれるかどうかは気質の問題で、教えられることは一部でしかないとつねづね思っている。だからわたしはかなり前から、ウェイター志願者の面接を客がいないとき——理想的にはランチタイムとディナータイムのあいだ——にやる方法を採用してきた。志願者には、テーブルのセッティングと片付けだけをやってもらう。二人ぶんでも八人ぶんでもかまわない。客がテーブルにいると思って動いてくれと頼むときもある。たしかにこのやりかたには眉をひそめた志願者もいたらしい——なにしろレストラン業界というのはよその店の噂をしたがるものだ。

それはともかく、ここで言いたいのはさっきの若いカップルだ。若い二人がカフェから現れ、紙コップを持ったまま抱き合うのを見て、ミコと自分のことを連想したのではない。そうではないが、たしかにわたしたちはこの通りをいくどとなく歩き、誰も見ていないときは舗道で足を止めて抱き合ったこともあったかもしれない。あのころカフェはなく、ここも、以前は何だったか記憶にないが、ホテルでもなかった。窓辺に立って通りを見おろしていたときは、これといって何も考えてはいなかった。過去を思い出してもいなければ、未来に思いをはせてもいなかった。というより、あれは心が穏やかで、目に映るものをなんの解釈もせず、いらぬ憶測をめぐらしてその瞬間を台無しにすることもなく楽しめた——瞳が壁に当たる光線をとらえ、心のなかに向けるだけの——稀有《けう》な時間だった。わたしは満ち足りた気分になり、その幸せな感覚を終わらせたくなかった。だからあんなにも長いあいだ窓ぎわに立って外をながめていたのだ。

だが、いまは彼女のことを考えはじめていた。正直に言うと、フェイスブックを開こうかどうしようか迷っている。なぜなら、もしメッセージが届いていたとして、それを開けば、わたしが読んだことが彼女に知られてしまうからだ。本当にそうなのかソニヤにきいてみようか。ソニヤには旅の経過を知らせる約束だから、ついでにさりげなくたずねればいい。いや、だめだ、ソニヤのことだから、なぜそんなことを知りたいのか、誰とやりとりしているのかを知りたがるだろう。そもそもソニヤに連絡するのは早すぎる。日本に着いてからとか、せめてもう少し目的地に近づいてからでいい。

ミコからメッセージが届いているかを確かめたいのは言うまでもない。携帯を取り出し、胸の高鳴りを予感しながらページを開きたくてうずうずしている。でも、怖くてできずにいた——飛行機のなかでふいに襲われ、いまも振り払えずにいる恐怖のせいで。

わたしは、もし彼女に会いに来ないでと言われたらどうしようと考えはじめていた。言っておくが、彼女にはこの旅についてひとことも話しておらず、うっかりだろうと故意であろうと、ほのめかしてもいない。それは確かだ。昨夜、寝る前にフェイスブックのやり取りをすべて読みなおし、そんなことをにおわせる言葉ひとつ書いていないのを確めた。それでもわたしが恐れるのは、まったく根拠のない話ではない。慎重になる理由がちゃんとある。というのも、ミコには何度も心を読まれた経験があり、しかも彼女は、必要だと思えばそれを遠慮なく口にしたからだ。

初めて心のなかを読まれたときのことはよくおぼえている。あれはわたしが仕事を始めたばかりの、たしか最初の週末だった。

「もう少し食べたら？」

「どういうこと？」

「おかわりしたいんでしょ。したらいいじゃない」

最後の客が帰った夜の十時過ぎ、忙しい勤務のあと、店のみんなで軽食の豚ねぎそばを食べていた。ミコの言うとおり、わたしはおかわりをしようかと考えていた。でもお腹はいっぱいで、寝る時間も近い。がつがつしているように見られたくもなかった。

「いや、もう充分」

「でも食べたいなら……」

「もう帰って寝る時間だから。食べすぎは消化に悪い」

「おそばを少し余分に食べられないほど年寄りなの？」

「ミコ」タカハシさんがたしなめた。「それくらいにしなさい」

彼女はいつもの半笑いを浮かべてわたしから目を離さず、わたしは顔が赤くなるのを感じた。だから、わたしが警戒するのは少しもおかしくはない。かといって、ミコから新しいメッセージが届いていないかを見たい気持ちをずっと我慢できるとも思えない。彼らがあんなにもとつぜん姿を消した理由をミコはまだ話していない。この五十年間、何をしていたかも。何度もわたしを探そうと思いながらできなかったという言葉だけだ。なぜできなかったのかの説明はまだなかった。

コーヒーがおいしい。少し強いが、若いバリスタの言葉どおり、苦味というより甘味がある。彼女は桜の香りがするとも言い、最初は感じなかったが、いまようやくその意味がわかった。

コーヒーのためにわざわざ通りを渡ったのは無駄ではなかった。それどころか二杯目を頼もうとさえ考えている。このあとぶらぶらと行くあてもない。こんなときは偶然に身をゆだね、足の向くままに行くのがよさそうだ。まずは、ちょうど通りの奥にある小さな広場に射しはじめた太陽のあとを追って。

わたしがタカハシさんの店〈ニッポン〉の求人募集に応じたきっかけはヨウイ・ステインソンだ。わたしたちは大学に近いパブに集まっていた。たしか金曜日の午後で、わたしがヨウイやほかの友人たちに大学をやめると告げてから一週間ほどたっていた。わたしはやめる宣言をすると同時に、欧米社会を批判し、経済モデルと理論の失敗について長々と意見を述べた。友人のなかにはこれを思いきった意思表示と見なす者もいた。実際、仲間の多くが似たような考えだったが、いまや彼らは――少なくとも心のなかでは――自分たちにはそこまで立場を表明する勇気はないと認めざるをえなかった。だが、ヨウイ・スティンソンは違った。彼は鼻で笑い、二週間もすればクリストファーも目が覚めるだろうとか、そのようなことを言った。そして、わたしが大学をやめようがどうしようが、これ以上論じる価値もないとでも言いたげに話題を変えた。

ときどきふと考える――もしヨウイにあのような状況に追いこまれなかったら、わたしは考えを変えなかったかもしれないと。もしあのパブで、友人たちの前でヨウイに鼻であしらわれなかったならば。なぜならヨウイの言葉には必ず棘《とげ》があり、どんなに冗談めかそうとも、わたしが我慢できない、ある種の傲慢さがあったからだ。

わたしが大学をやめ、彼の言う〝厨房の奴隷〟なる仕事に応募したのがヨウイのせいだと言うつもりはない。それは彼が優秀な学生であるのを責めるのと同じくらい的はずれだ。だが、ヨウイはこんなふうにわたしを挑発した――本人はまったく気づいていないように思えるときもあったけれど。

ともかく、わたしがヨウイと別の友人二人と連れだってこのあたり――大学キャンパスとコヴェント・ガーデンのあいだの脇道――を歩いていたとき、レストランの窓に貼られた厨房スタッフ募集の紙に気づいたのはヨウイだった。わたしの決断はもはや話題ではなかったが、少し前に片方の友人から〝大学をやめて何をする〟ときかれ、わたしは〝そのうち何か見つかるだろう〟とかなんとか、あいまいな答えを返していた。それだけのやりとりが、なぜかヨウイの頭には残っていたらしく、まるで歩いているあいだずっとこのときを待っていたかのようにいきなり大声で言った。「おい、見ろよ、クリストファー、あそこで仕事が見つかるんじゃないか」その声にわざとらしいあざけりの響きがあったのは言うまでもない。ヨウイと友人たちは彼のジョークに笑いながらそのまま通りを歩きつづけた。けれどもわたしはふっと足を止め、一瞬ためらったあと、レストランのドアを押し開けてなかに入った。

ここで店の構造を言っておくと、入口は通りから二段ほど下りたところにあり、ドアはガラス張りで、外から店内が見えた。ドアの左側は大きな窓になっていて、さほど暗くはなかった。明かりはついておらず、わたしはほの暗さと深い静寂のなかに足を踏み入れた。人の気配はなく、先まで行って引き返してきた友人たちが店の外でうろうろしているのに気づかなかったら、あわてて外に出ていたかもしれない。

小さく咳払いすると、ようやく厨房からタカハシさんが現れた。最初は、寝ているところを起こしたと思った。たぶんそうだったのだろう、あとでわかったが、タカハシさんにはランチタイムのあとに昼寝をする習慣があった。彼は小さくお辞儀し、なまりの強い英語で言った。

わたしは来た理由を告げた。タカハシさんはわたしを上から下までながめまわし、のちに聞いたところでは、すぐに追い返そうと思ったが、なぜかためらったそうだ。「明日の午前十時に来られますか」彼はたずねた。「そのときなら話ができます」

わたしはうなずいたが、翌日に来る気はなく、友人たちには〝断られた〟と言うつもりだった。そうすればヨウイを黙らせられるし、わたしが彼の皮肉にも動じず、彼の意見など歯牙にもかけず、どんな仕事だろうと経済学に時間を無駄にするよりましだと考えているところを見せつけてやれるはずだと。

実際、そのときのセリフまで考えながらドアを開けたとき、わたしは彼女と正面からぶつかった。その瞬間、わたしの心は真っ白になった。頭のなかで何かが音もなく爆発し、完全に心を射抜かれた。おたがい言葉はなく、わたしは驚きのあまり謝ることもドアを押さえておくこともできなかった。彼女は何か面白いものでも見つけたかのようにわたしの目をのぞきこみ、笑みを浮かべて店内に駆けこんだ。

「開店は六時です」

その日はずっと彼女のことを考えていた、夜ベッドに横になってからも、翌朝、静かな雨に目覚めたときも。彼女のほほえみ、わたしが横を通りすぎるのを待つあいだに顔から髪を払いのけたしぐさ、彼女が脇を軽くかすめて行き過ぎたときに感じた電流をいまもおぼえている。言葉は交わさなかった。ただ、彼女はわたしの目をじっとのぞきこんでいた。

頭がおかしくなったと思った。気持ちを抑えきれない自分が怖くなった。でも、どうしようもなかった。ロンドンには何百万もの人間がいる――わたしは自分に言い聞かせた。何百万人という男と女が。だが、そのすぐあとで別の声がこう応じた。空にも何百万という星があるが、生命体がいるのはそのなかのひとつだけだと。

翌朝目覚めたときは、もはや宇宙のことは頭になく、昨日の彼女とはもう二度と会えないかもしれないという思いにとらわれていた。てっきりあの店で働いているか、そうでなければ常連客だろうと思いこんでいたが、よく考えればなんの根拠もない。そう気づいたとたん、どうしようもない絶望感にとらわれ、〈ニッポン〉の採用面接を受けるべく家を出たときにはほとんどパニック状態だった。

これからどうなるのか、そのときは何もわかっていなかった。レストランで働いたことは一度もなく、それがどのようなものかもまったく知らなかった。しかも当時はロンドンに日本食レストランはほとんどなく、わたしが知っていたのはメイフェアに開店したばかりの高級店だけだった。いっぽうインド料理店や中華料理店はいたるところにあり、とくにイギリス料理に飽きた、新しもの好きの若者に人気だった。値段が手ごろで、わたしも何度か行ったことがあった。

わたしがいま、かつて〈ニッポン〉があった通りに向かって歩いていても不思議はない。それどころか、誰だって当然だと思うはずだ――わたしが一九七〇年の春にロンドンを去ってから一度もこの場所に戻らなかったという事実がなければ。あれから何度もこの街を旅したが、足を運ぼうとは思わなかった。初めてインガと二人でロンドンを訪れ、学生時代によく行っていたあたりを案内してとせがまれたときでさえも。〈ニッポン〉で過ごした月日についてはほとんど話したことがなく、そのときはうまくはぐらかした。それでもインガは、わたしがかつて働いていた〝あの日本の場所〟について知りたがったが、何年も前に閉店したと言うと、それ以上は追及しなかった。

日なたは見るまに消え、いまは西向きの通りに残っているだけだ。かすかに青味を帯びた影が長く伸び、穏やかさと静けさが忍び寄る。しばらくあてもなく歩き、セブン・ダイヤルズに着いたところで、ふと足をとめてあたりを見まわす。いまにもあのときの自分に――採用面接に向かう若者に――出くわすとでもいうように。それからしばし思いにふけり、ようやくわれに返って気を取り直し、まっすぐショートブズ・ガーデンズに向かって歩きだす。

たったいま、病院から脳スキャンが延期になったと連絡があった。緊急でない検査は追って連絡があるまで延期されます――電話口の女性は言った。「ウィルスの影響で」わかりきっていたが、わたしがすぐに答えなかったので彼女は言葉を継いだ。すぐに答えなかったのは、たんにもうこの話は聞いたような気がしたからで、あやうく〝前にも聞いた気がするが〟と言いかけ、さいわいにも思いとどまった。あの医師にこれ以上、他人《ひと》の頭についてとやかく言われる材料をあたえたくはない。

電話がかかってきたのは、ちょうどショートズ・ガーデンズを歩きだしたときだった。電話のあいだ、足を止めた。歩きながら話すのはどうも落ち着かない。そして、いまふたたび歩きだし、かつて働いていた場所まで五分もかからない場所にいる。

面接に向かった日は雨だった。土砂降りではなく、ロンドン特有のしとしとと降りつづく霧雨で、わりに暖かかった。時間より早く着いたので、十時になるまで通りの先で雨宿りした。配達トラックが一台停まり、二人の男が通りをへだてた角の店に箱を運びこんでいた――缶詰のようだったが、リンゴやオレンジも見えた。やがてトラックは走り去り、わたしは通りに落ちる雨を見ていた。

ばかげたことをやろうとしているのはよくわかっていた。これから面接を受ける仕事のことは何ひとつ知らず、昨日までレストランで働きたいと思ったこともなく、そう思ったときでさえ、明らかに動機は不純だった。

そう、そんなことは何もかもわかっていた。時間を見ながら立っているあいだ、自分にもそう言った。自分を叱りつけた。自分を納得させようとしてみた。もう少しで踵《きびす》を返し、家に駆け戻りそうになった。でもそのとき、心の目が彼女を映し出した。かすかなほほえみ、額《ひたい》から髪を払いのける指。

店のドアを開けたとき、彼女の姿はなかった。厨房からは料理の匂いがただよい、鍋やフライパンの立てる音とポップソングが交じった、低い音が聞こえた。日本語の歌のようだった。今回は咳払いするまもなく、すぐにタカハシさんが厨房から現れた。彼は頭を下げた。わたしも思わず同じしぐさを返すと、彼はほほえんだ。

五十代半ばくらいだろうか、中背で細身だが、体つきはがっちりして、髪にはところどころ灰色が交じっている。わたしたちはしばらく向き合って立っていた。左側にカウンター席、その隣に通りを見渡せる窓があり、厨房は正面の突きあたり、ダイニングホールは右手にあった。タカハシさんはホールに案内し、十二、三台あるテーブルのひとつに——わたしがドアに背を向けて——座った。

タカハシさんが質問を始めたときは、なんて背すじをまっすぐにして座る人だろうと考えていた。最初は彼の英語がなかなか聞き取れず、繰り返してもらうたびに赤面したが、やがて耳が慣れてきた。

タカハシさんは、どこのレストランで働いていたかとたずねた。

「働いたことはありません」わたしは答えた。

「では何をしている？」

わたしは事情を話した。

「あの大学をやめるのか？　あの一流大学を？」

わたしはうなずいた。

「どうして？」

説明しようとしたが、彼にはわたしの言うことが理解できなかったか、そうでなければばかげていると思ったようだった。タカハシさんは眉を寄せ、少し顔をしかめさえし、わたしが話し終えると、黙ってわたしを見た。「料理は何ができる？」しばらくして彼はたずねた。

〝何も〟と言おうとして、引き網漁船〈エノック〉で炊事係を務めたわずかな経験から、作れるものがあるのに気づいた。

「モンツキダラとポテトのボイルなら」わたしは答え、漁船と、船に乗りこんだパトレクスフィユルズルの村の話をした。

タカハシさんが座りなおした。「海に出たことがあるのか？」

「ええ。夏に、四年つづけて」

タカハシさんは引き網船でどんな魚が獲れたかとたずねた。

「カレイ、ヒラメのたぐいです」わたしは言った。「ほとんどがツノガレイですが、ときどきオヒョウも獲れました。たまにアンコウも——誰もほしがりませんでしたが」

「ちょっと待て。すぐ戻る」タカハシさんはそう言って勢いよく立ちあがると厨房に消え、すぐに地図を持って戻ってきた。「地図で教えてくれ」

「ここがパトレクスフィユルズルです」

「海には何日くらい出た？」

「一晩ですが、アルトナルフィユルズルまで行くときはもう少し長く」わたしは地図を示しながら言った。

「いい魚か？」

「とても」

タカハシさんは何かを探すかのように地図をにらんでいた。

「ラム脚の料理もできます」わたしは調子づいて言った。「オーブンで焼いて」

だがタカハシさんは魚にしか興味を示さず、船で過ごした時間のことをもっと知りたがった。そこで、レイキャヴィークから一本釣り漁船――古い小型帆船――に乗りこみ、主に、ピエトゥルセイにほど近いセルヴォグスバンキやレイニスデュープで漁をしたことも話した。

「何を？　そこでは何が獲れた？」

「スケトウダラです」

「大型か？」

「はい、七、八キロはありました」

タカハシさんはわたしの経験に感心したようだった。そこでわたしは一九六五年の夏、ヴェストマン諸島沖のトロール船で働いた話もした。

「大型船か?」

「五十トンです。夜に出航して三日後の朝に戻ります。ろくに寝るまもありません」タカハシさんはトロール船でどんな魚が獲れたかをたずねた。

「大半はカレイです。海底のニシンの卵を餌にしていますから。でも、たまにマダラやツノガレイも」

わたしは地図の上で、セルヴォグスバンキやレイニスデュープ、ピエトゥルセイとともにヴェストマン諸島を指さした。

「クリストファーさん」そこでタカハシさんは言った。「手を見せてくれるか?」

わたしは手のひらを広げ、それから手の甲も見せた。彼はわたしの手をしげしげと見ながらぼそぼそとつぶやき、やがて自分自身に何かを確かめるようにうなずいた。それがなんだったにせよ、わたしには言わなかった。

「わたしは海辺の町で育った」しばらくしてタカハシさんは言った。「明日から来てくれるか?」


豚カツ、鶏カツ、そば、天ぷら、どんぶり。焼き鳥は木曜日。お好み焼きは週末。南蛮そば、山菜そば、月見そばは卵の黄身が満月のようにつゆに浮かんでいる。だからこう呼ばれる。

わたしはこれを、ほかのあらゆることと同じように小さなノートに書きつけた。〈ニッポン〉での初日、タカハシさんが見せたり教えたりすることを書きとめるのに紙切れしかなかったので、仕事終わりに買い求めた。タカハシさんも、副料理長のゴトウさんも――英語はたどたどしいが――根気強く教えてくれた。〝ブタ〟は豚肉《ポーク》、〝ウナギ〟は鰻《イール》。〝ツキミ〟は月を《ムーン・》見《ビューイング》る。

当面、調理の心配はなかった。皿を洗い、女性ウェイトレスが忙しいときにテーブルの片づけを手伝うのが仕事だ。彼女の名前はヒトミ、年齢はおそらく四十近くで、小柄で、きびきびと動き、チャンスを見つけては、英語しかわからない客に遠慮なく日本語で話しかけた――かけられたほうはひとことも理解できず、ヒトミは完璧な英語を話せるにもかかわらず。ほどなく、そのほとんどが〝残すつもりじゃないでしょうね〟のような、悪意のないからかいだとわかった。いずれにせよ、彼女の表情から冗談で言っているのは明らかで、悪く取る客はいなかった。

レストランは小さく、メニューもさほど多くなかったので、平日はほかに従業員はいなかった。タカハシさんは厨房とホールをすばやく行き来しながら、ヒトミと交替で客に応対した。とくに日本人客とはよく会話を交わした。大半はロンドンにある日本企業――商社や銀行、保険会社、輸出会社、自動車製造業など――で働く男たちだ。彼らは家族とともにハムステッドやハロー・オン・ザ・ヒル、パーリーやイースト・クロイドンに住み、平日は昼食や夕食を食べに来たが、週末は郊外の家で過ごしたりゴルフをしたりで、店に来ることはあまりなかった。最初は、似たような服を着たいわゆるサラリーマン――一般的な会社員――の一団にしか見えなかったのが、少し顔を覚えてくると、当然ながら、ひとりひとり違うのがわかってきた。

店を始めた当初、タカハシさんは主にフィッシュアンドチップスを出していた。そのころロンドンには日本料理の需要などなかったからだ。少しずつほかの魚料理もメニューに増やしていったが、〈ニッポン〉が誕生したのはほんのここ数年、日本人のビジネスコミュニティができてからのことだ。

厨房は小さく、動ける余裕はあまりなかったが、わたしはすぐにその狭い空間になじみ、周囲の環境もまったく気にならなかった。コンロを全部使って調理をするときの焼けるような熱気も、目の前の蛇口から流れる湯も、狭い流しも、食器がぎっしり詰まった食器棚も、厨房奥の低い天井も、最初の数日間は厨房の壁から突き出たパイプに何度も頭をぶつけたことも。何ひとつ苦にならなかった。海ではもっと厳しい状況で働いた。だから、何ひとつ不満はなかった――店の戸口で偶然ぶつかり、結果として人生をひっくり返すことになった日から、彼女の姿が影も形もないことを除けば何ひとつ。

それが月曜日だった。二日後から働きはじめた。彼女はいなかった。次の日も、金曜日に出勤したときも。もちろん彼女のことはもっと知りたかったし、タカハシさんかヒトミに誰なのかをききたくてたまらなかったが、下手にたずねたら気持ちを見透かされそうで勇気が出なかった。

厨房の出入口にかかるカーテンは、ふだんは途中まで引いてあり、受付《フロント》や訪れた客がこっそり見えるようになっていた。流しで仕事をしながらでも、二、三歩コンロのほうにあとずさるだけで誰が来たかがわかる。それでも、ひょっとして彼女がテーブル席に座っているのではないか、気づかないうちにひとりで、あるいは誰かと一緒に脇を通りすぎたのではないかと、厨房から何度もホールに足を運んでみたりもした。けれども、彼女はわたしの心のなかにいるだけで、そこに焼きついたイメージはまるで本か雑誌の写真を見ているかのようにあまりに鮮明だった。

採用が決まってから、タカハシさんは言った——休みは週に二日だが、今週は休みなしで働いてもらいたい、昼と夜の勤務のあいだ、だいたい午後三時から六時までは自由にしていいと。ゴトウさんとヒトミが休憩時間でいなくなると、タカハシさんは食品保管室《パントリー》の長椅子で仮眠した。でもわたしは何もしようがなかった。彼女と出くわしたのがちょうどこの時間帯だ。会えるチャンスを逃すわけにはいかない。

初日はテーブル席で本を読んで過ごしたが、翌日の午後は、気晴らしでもしてきたらいいとタカハシさんにうながされて近所をぶらつき、用もないのにレコード店と金物屋に入った。そうやって〈ニッポン〉の近くを離れず、店の前を何度も通り過ぎてなかをのぞいたが、誰もいなかった。金曜日は通りが見える角のカフェに座って時間をつぶした。

わたしがスパイだったらよほどまぬけなスパイだと言わざるをえない。なぜなら、五時半すぎに店に戻ると、いつのまにか彼女がいて、テーブル席の準備を始めていたからだ。ドアを開けると、彼女はくるりと振り向き、かすかな笑みを浮かべてわたしが入ってくるのを見つめた。わたしはダイニングホールの真ん中に突っ立ち、コートを脱ぐのも忘れていた。そうしてしばらく見つめ合い、それが永遠にも思えたあと、ようやくわたしはやあ《ハロー》と言った。

「ああ、あなたが父さんの話していたガイジンさんね」彼女は言った。「ハロー」

来たのは間違いだった。五十年近くここに来なかった理由を思えば、それくらい予想できたはずだ。と言っても、この場所の記憶が薄れているのを恐れたわけではない。〈ニッポン〉のことは店の正面《ファサード》から何から隅々まで思い出せる。いままさに目の前にあるそのファサードに昔の面影がどこにもなくても、当然と言えば当然だった。ドアの上には〈ジョーのタトゥーショップ〉の文字。左手の窓はそのままだが、かつてのドアは黒塗りのスチール製に替わっている。ファサードは灰色で味気なく、まるで店主がわざと客を寄せつけまいとしているかのようだ。〈ニッポン〉で働きはじめたころ、店のドアは黄色で、ファサードは薄灰色だった。だが、色が悪いとミコがタカハシさんを説き伏せ、ドアを紺色に、表の壁を薄青色に塗り替えた。わたしは手伝いを申し出、五月のとある土曜日の朝八時半に店に来て、二人で昼食時間までに下塗りをし、翌日の午前中には本塗りを終えた。

そしていま〈ニッポン〉はタトゥーショップになっている。タトゥーにはなんの文句もない。ただ、個人的にはあまり――とくに女性のタトゥーは――いいとは思わない。もちろんソニヤの意見は異なり、それどころかわたしがアクセルを嫌いなのは彼がタトゥーをしているからだと思いこんでいた。はっきりさせておくと、わたしはアクセルが嫌いなのではない、それはソニヤの勘違いだ。ただ、彼は二人が付き合いだしたころにちょっとヘマをした。わたしとしては、ソニヤと一晩過ごしたあと、こっそり寝室の窓から逃げ出すのではなく、インガとわたしにきちんと名乗ってほしかった。そのことで彼を恨んではいないし、タトゥーで人間を判断したわけでもないが、わたしは一度、彼のタトゥーを話題にするというミスを犯した。

その前に、アクセルがいくつかタトゥーを入れていて、年々その数が――数えてはいないが――増えつつあったことは言っておきたい。しかし、わたしがたずねたのはその数ではなく、彼の左腕にあったデザインだ。それは手首から肘までと、肘から肩までのふたつの部分に分かれ、タトゥーの文字は日本語で、前腕が青い墨、上腕が黒い墨で描かれていた。あれはソニヤが初めてアクセルをインガとわたしに引き合わせた夕食の席だった。ソニヤたちは土曜の夜がいいと言い、それはわたしがバルドゥルに仕事を代わってもらわなければならないことを意味した。わたしにとってもバルドゥルにとっても迷惑だったが、インガがソニヤの機嫌を取りたがったので、反対はしなかった。アクセルはタトゥーを隠そうともせず、それどころか、そう暖かい日でもないのにTシャツ姿で、どう見ても注目なり、なんらかの感想なりをほしがっているとしか思えなかった。あとでソニヤにひどく腹を立てられ、わたしは答えた。「何か言わないと悪いと思っただけだ」

それでわたしは彼に、なぜあえてその文字を選んだのかとたずねた。

「クールだと思って」アクセルは言った。「昔からサムライとか、そんなのが好きなんです」

「とくにその精神を尊重しているということか？」わたしはたずねた。

「は？」

「〝不撓不屈《ふとうふくつ》〟」わたしは言った。

「ええ、まあ」とアクセル。

のちにソニヤは、わたしがアクセルが漢字の意味を知らないとわかっていて、わざとあんな質問をして彼に恥をかかせたと言った。わたしはこう返した――誰が意味もわからない文字を彫りこむなんて思う？　わたしには思いもつかない、まさかそんなことをする人間がいるとは……。

「そんなことって何？」言葉をのみこんだわたしにソニヤは言った。

「いや、なんでもない」

「バカげたこと?」

「そんなことは言っていない」

ソニヤはすっかり腹を立て、なだめようもなかった。

「タトゥーの意味をきく人間なんてパパくらいのものよ」ソニヤは言った。「ただのデザインじゃない。ていうか、どうしてあの漢字の意味を知ってるの? いつから日本語を話すようになったの?」

あれはよく知られた文字で、少しでも日本文化に触れたことがあれば誰でも知っているとわたしは説明した。さいわいソニヤはこの会話にうんざりし、それ以上は質問しなかった。

インガはひとえにわたしのせいだと主張し、あのときわたしが黙っていたなら、おそらくソニヤはどこかでアクセルに飽きていたはずだと言った。インガはアクセルになんの反感も持っていなかったから、わたしを責めるためだけにそんなことを言ったのだ。だが、それはあとになって、二人が結婚してすぐのことで、どんな文脈だったかよくおぼえていないが、インガの言葉は胸に突き刺さり、長くとどまりつづけた。

アクセルはちょっとした企業家で、スポーツジムと貸倉庫をいくつか、さらに金網会社とカーディーラーを経営していた。商売の嗅覚があるらしく、かなり羽振りがいい。派手な車に乗り、新車を買うと決まってわたしに見せに来る。何か話があって来るのではなく——そんな気のまわしかたをする男ではない——ただ純粋に、わたしが車好きだと思いこんでいる。おそらく、そんな彼が気の毒に思えて、前に一度、気をつかって彼の車をほめたからだろう。だが、わたしは車に興味がない。彼もそろそろわかっていいころだ。

ミコはドアと窓枠を塗り、わたしは壁に専念した。両日とも好天で、午前中は太陽が照っていた。わたしはまだ彼女に気持ちを伝えておらず、その機会があるとも思えなかった。その土曜と日曜の午前中はずっと、彼女の真剣な表情や可憐《かれん》なしぐさ、陽光を受けて光る黒髪を視界の隅で見ながら、そんなことを考えていたのをおぼえている。望みはなさそうだと思ったことを。

うっとりと見とれるわたしを、ミコが一度、ふいに振り返った。

「何をそんなに見てるの?」ミコはそう言って唇をかすかに曲げ、ほほえんだ。わたしは真っ赤になり、あわててペンキ缶に刷毛を突っこんだ。

ふとファサードの灰色の塗料が一カ所、剝《は》げているような気がして、わたしは建物に近づく。よく見ると、たしかに剝げかかった箇所があり、灰色の下に青い塗料が見えたとたん、思いがけず胸がときめいた。あやうく塗料の薄片を剝ぎとろうとして思いとどまり、数歩あとずさる。そして最後にもういちど建物を見つめ、歩きだす。二度と振り向かず、肩ごしに振り返りもしないと心に決めて。

わたしはコヴェント・ガーデンに近い小さなレストランの外に座っている。見まわすと、テーブルはざっとひとつおきに埋まっているようだ。気温は下がったが、テーブルのあいだに置かれた屋外ヒーターのおかげで寒くはない。ウェイターが火力を細かく調節してくれたおかげで暑すぎることもない。寒くなったら温度を上げられます、いちばん近いヒーターはまだ中温なのでとウェイターは言った。

フェイスブックを開く。あれからよくよく考え、わたしが日本に向かっていることに気づかれたなら、そうだと正直に答えることにした。そして何があっても旅を続け、なんと反対されても説得には応じないと決めた。メニューを読むのにすでにメガネはかけていたから、携帯をチェックするのは一瞬だ。

昨日送った最後のメッセージのなかで、本当は何があったのか教えてほしいと率直にたずねた。彼女が初めて連絡してきてから今まで、その話題はずっと避けてきたが、もうこれ以上は黙っていられなかった。もちろん彼女の気分を害さぬよう、たずねかたには気をつかい、直接的であれ遠まわしであれ、罪悪感を抱かせるような言葉を使っていないか、送信前に二度チェックした。むしろ軽い調子で書いたつもりだが、そう伝わったかどうかはわからない。

返事が届いていた。ざっと四時間前。わたしがホテルに向かっていたころ、計算が正しければ、ここからそう遠くない、たぶんちょうどトッテナム・コート・ロードに入ったころだ。だからなんということはないが、ミコが返事を書いていたときに自分がどこにいたかがわかるとなぜか安心できる。日本は真夜中だったはずだが、それには触れていなかった。

手短に言うと、わたしの質問に対する答えはなかった。無視したのではなく、いまは体調が悪いと詫《わ》びる文面だった。〝ごまかすつもりはありません〟そう書いてあった。〝明日にはきっと〟

わたしはこれまでのやりとりをすべて読みなおし、どれひとつ記憶から抜け落ちていないのを確かめた。最初のメッセージから最後まで。そんな必要もないのに、こんなふうに自分で自分が信用ならないのは、たぶんあの医師のせいだ。腹立たしさを覚え、あんな医師の助けなどいらないという思いが湧いてくる。ＭＲＩ検査だけでもまぬがれてさいわいだった。

ミコの返信からわかったのはこんなことだ――ロンドンを離れてからは日本に住んでいる。いまは一人暮らしで、タカハシさんは二十年ほど前に老衰で亡くなった。長く中学校の教師を務め、数年前に定年退職した。わたしに何度も連絡を取ろうと思いながらできなかった。幸せに暮らしていることを祈っている。自分の人生も悪くはなかった。

〝わたしたちはとても若かった〟――ミコはふたつのメッセージのなかでそう書き、そこで終わっていた。この言葉を彼女とタカハシさんがいなくなったことに対する弁明と解釈するべきか、それともなんらかの説明と取るべきかわからない。

よく本を読み、最近、編み物を始めたとも書いてあった。ダンスをするのが好きで、住まいは街の中心に近い場所にある。イギリスにはあのとき以来、一度も行っていない。

わたしはミコがメッセージの内容を声に出しているところを想像する。ある静かな午後、彼女の大学の隣にあるカフェに二人で座っているかのように。ミコが目の前にいるところを思い描き、声を聞こうとし、文字になった言葉が彼女のものかを見定めようとする。

〝ガイジンさん〟最初のころ、ミコはわたしをそう呼んだ。テーブル席の準備をする彼女と初めて言葉を交わした、あの金曜日だけでなく、そのあとも。調べると、それは日本人が西洋人――いわゆる白人――を呼ぶ言葉で、軽蔑の意味合いはない。ガイは〝外〟、ジンは〝人〟。だからガイジンは〝よその国の人〟という意味だ。だが、タカハシさんは、その呼びかたはいけないとミコをたしなめ、聞きつけるたびに注意したので、彼女がわたしをそう呼ぶのはタカハシさんがいないときだけだった。

「ねえ、ガイジンさん」ミコは言った。「汚れたお皿を洗うために勉強をやめたって本当？」

ミコ自身はユニバーシティ・カレッジ・ロンドンの学生で、週末だけ父親のレストランで働いていた。授業が終わったあとの金曜日に来て、土曜の昼と夜の時間帯に働き、日曜のランチタイムが終わると大学に戻った。夏休み期間は大学の研究室で働くかたわら店でも働いた。ミコは週末に休みを取るヒトミの代わりに入り、ゴトウさんの代わりにはスティーヴという四十歳くらいのイギリス人が入った。ヒトミもゴトウさんも日曜の夜の勤務に戻ってきた。

わたしには二日の休みがあり、週によって月曜、火曜、水曜とまちまちだった。わたしの代わりには、別のレストランで働き、給料の足しにしようとアルバイトで雇われた二人の男性が入った。あるときタカハシさんが、きみのような若者は週末に休みを取りたいだろうから考えてみようと言った。わたしが週末に休みたいはずもなく、自分は月曜と火曜、もしくは水曜に休むほうが都合がいいし、むしろ週末は働きたいと答えると、タカハシさんはわたしの申し出を歓迎した。

初めてミコと一緒に働いた週末のことはいまも鮮明におぼえている。彼女は給仕に忙しかったが、もちろん客の注文を伝えたり、できた料理を取りに来たり、汚れた皿を運んだりと、一定の間隔で厨房に現れた。言葉を交わすことはほとんどなかったが、たまに手が触れ合うと、わたしはオーブンに触れたように熱くなった。そのたびに自分をたしなめたが、気がつくとまたすぐに、彼女が早く汚れた食器を持ってこないか、通りすがりに気の利いたことを言いはしないか、さっと触れはしないかと心待ちにしていた。

最初の週末の土曜日、ひとつのテーブル客が遅くまで残った。三組の二人連れは食事のあともビールや酒を飲み、時間を忘れたように楽しんでいた。ゴトウさんはすでに帰り、ミコはレジで売り上げを数え、タカハシさんはそのまにパントリーの在庫を調べに行った。それぞれの仕事が終わると、ミコがそわそわしはじめた。これ見よがしに壁の時計を見やり、「そろそろ帰ってもいいんじゃない」というようなことを口にした。ささやき声だったが、タカハシさんは、客には好きなだけいてもらえばいいと言いたげにシッとたしなめた。あきれたように目をぐるりとまわしはしなかったものの、ミコが客に帰ってもらいたがっているのは明らかだった。

「何をそんなに急いでる？」タカハシさんがきいた。

「エリザベスとペニーが待ってるの。ほかの学生たちと会う予定があって」

「先に帰ろうと思っていた」タカハシさんが言った。「おまえに鍵を閉めてもらうつもりだったんだが」

わたしがタカハシさんのことをもっとよく知っていたら、彼の思惑に気づいていたかもしれない。なぜなら、店を出るのはいつもタカハシさんが最後だったからだ。娘を帰らせようと思えばできたはずなのに、なぜか彼はそうさせまいとしていた。

だが、何も知らないわたしはミコによく思われたい一心で口をはさんだ。

「お客さんが帰ったらわたしが食器を下げて片づけておきます。急ぐ用事もないので」

「きみはまだ来たばかりだ」タカハシさんはそう言ってから一瞬ためらい、ため息まじりに言葉を継いだ。「ああ、ではそうしてもらおうか」

ミコはわたしにほほえみ、父親の頬《ほお》にキスして店を出た。

客が席を立ったのは、さらに十五分ほどあとだった。タカハシさんは何やら考えこんでいたが、娘についてはそれきり何も言わなかった。けれども二人で店の外に出たとき、背後でドアの鍵を閉めながら、ふとつぶやいた――「近ごろの若い者ときたら」

わたしはタカハシさんの言う〝若い者〟に自分が入っていなかったことがうれしかったが、

その数日後には彼が誰のことを言っていたのかを知った。でも、そのときのわたしはひどく落ちこみ、タカハシさんのことも、彼の態度のこともほとんど頭になかった。

ウェイターがテーブルを片づけていると、携帯が新しいメッセージの着信を知らせた。ちょうど温度を上げたばかりのヒーターと、万人の関心事であるウイルスについて彼と話していたときだ。料理を運んできたとき、ウェイターは「食器は消毒しておりますが、手はご自分でなさりたいかと思って」と言いながら手指消毒液を差し出してくれた。だが、いまは携帯が鳴っている。わたしはウェイターが歩き去るのを待って携帯を取った。

ムンディからだ。ありがたくないことに彼はメール魔で、最近はますますその度合いが増していた。自分が面白いと思ったジョークや、わたしに読ませたい記事を送るときもあれば、自分の考えや意見を送りつけることもあり、それが必ずしも意味が通じるとはかぎらない。届いていたのは〈考えと意見〉の部類だ──　"思ったとおり、食えたもんじゃない"

最後の会話を思い返してみても、なんのことか見当もつかない。

"フィッシュ・ケーキ。あのバカめは昨夜の残り物を使っていた"

ようやく思い出した、ムンディが文句を言っていた魚のことだ。放っておこう。メールのや

*83*

り取りは好きではない。文字で会話ができるとは思えないし、打ちこむのにひどく時間がかかる。ムンディはあの太い指でよく打てるものだと思うが、そもそも打ち間違いを気にするほうではない。

もちろん、それであきらめるムンディではない。〝いまどこだ？〟

わたしは答える。

〝日本に行くんじゃなかったのか〟（正確には〝にほにいく、なかたか〟）

〝明日〟わたしは長い間を置いてから返す。だが、返事を遅らせてもムンディはめげない。指が文字を打てるかぎりの速さで返信が届く。

〝なんでバルドゥルにレストランを引き継がせなかった？〟

まさに青天の霹靂《へきれき》だった。ムンディの御託《ごたく》にとうにうんざりしていたわたしは、ついかっとなった。

〝なんの話だ？〟

〝おまえから話を持ちかけられなかったとがっかりしていた〟

完全に頭にきた。ムンディはバルドゥルに連絡を取り、どこか別のレストランで働きはじめたのかどうかを確かめたに違いない。理由はわかっている。ムンディは料理を届けてもらいたくて〈トルグ〉のもと従業員にまとわりついているのだ。

こんなことをメールで話したくはない。それどころか、これ以上は何も話したくなかった。

わたしが店をどうしようとムンディの知ったことではない。ましてや、わたしのもとで十五年近く働いてきた男の気持ちを代弁するなどもってのほかだ。

いますぐムンディに電話をかけ、いいかげんにしろとどなりたくなるが、いまはそんな気分ではない。それでもムンディの言葉に心をかき乱され、なかなか追い払うことができなかった。

バルドゥルが〈トルグ〉を引き継ぎたがっていた？　そんな話をしたことが一度でもあったか？　いや。記憶にあるかぎりなかった。たしかにバルドゥルはこの数年、わたしの右腕だった。できるかぎり大事に育て、わたしが長年この業界で学んだすべてを教え、信頼し、力のおよぶかぎりサポートした――とりわけ彼が断酒に向き合ったときは。バルドゥルは最後まで耐え抜き、わたしは彼に頼まれて一度ならず〈匿名アルコール依存症者の会〉の会合に同行し、彼やほかの人たちが抱える悩みに耳を傾けた。バルドゥルと親密な関係を築いていると信じていたからこそ喜んで協力した。そこへムンディのこのセリフだ。

引退したらどうするかについて、バルドゥルと話したことは一度もなかった。まじめな会話では。もちろん、死ぬまで店をやるつもりはないとか、いくらまわりから若いと言われても歳には勝てないとか、たまにほのめかすことはあった。バルドゥルに対しては日ごろから、そのすばらしい仕事ぶりをほめてきたし、彼がこのまま腐りたくないと泣きついたときは励まし、どんなに彼をありがたく思っているかをはっきり伝えてきた。とりわけアルコールに苦しんだあと、もういちどやり直そうとしていたころは。あのころの彼にはどうみても多くの力添えと励ましが必要だった。

それでもバルドゥルに店を継がせるような話は一度もしなかったし、はっきり言って、わたしがそんな話をしなかったことに彼は感謝すべきだ。レストラン経営は闘いの連続だ。たとえ順調なときでも。手違いは許されず、どんなささいなことも見逃してはならない、最後の一ペニーまで。その日の夜の予約がゼロの状態で店を開けることもめずらしくない。予約なしの客が来ても、せいぜいテーブルが三つか四つ埋まる程度だ。パソコンの画面に映る空いたテーブルをにらんでいると、どこかの納入業者から値上げの電話がかかってくる。あるいは従業員から出勤できないという連絡が入る。あるいは〈トリップアドバイザー〉に、店で食事をした晩にたまたま虫の居所が悪く、八つ当たりすることにした客の低評価のレビューが載る。

いや、どう考えてもレストラン経営はバルドゥル向きではない。あの精神的な弱さでは無理だ。断酒してから酒に手をつけたのは一度きりだが、たった一杯ですべてがふりだしに戻ってしまう。アルコール依存症が見えない炎のようなものと言われるゆえんだ。

ムンディのたわごとにいちいちかっとなるほうが間違っている。またしてもしてやられた自分が腹立たしい。ようするにムンディはもめごとを起こしたいだけで、それは、〈トルグ〉のラスト・ディナーの席でバルドゥルがやったスピーチを思い出すだけで充分すぎるほど明らかだ。

あの最後の晩、バルドゥルは食事の最中に立ちあがり、わたしに向けてスピーチをした。もともと繊細な男で、いつもは感情を抑えがちだが、このときばかりは心の底から思いを述べた。どれだけわたしに感謝しているかを何度も繰り返し、いかにわたしが彼を守り、導き、励まし、アウスベルグがやめたときには〝厨房の鍵〟を渡し、回復期にはどんなにそばで見守ってくれたかを語った。

「息子にあなたの名前をつけたのは、クリストファー、偶然なんかではありません」

わたしは面映ゆさを感じたが、立ちあがって彼の背を軽く叩き、場の空気を軽くしたくておどけてみせた――「さいわい、ミドルネームだけだがね」

しかし従業員たちはバルドゥルのスピーチの感動が冷めやらず、わたしのジョークはみごとにすべり、わたしたちは座ってステーキを詰めこんだ。完璧な焼き具合だったのは言うまでもない。わたしはそのこともバルドゥルに言った。みんなに聞こえるように、「いつもながら完璧だ」と。

善人ぶるつもりはない。わたしがバルドゥルにしたことは、そうするにふさわしいと思ったからだ。とはいえ、まさかバルドゥルがムンディにこんな爆弾を渡し、わたしに投げつけるとは、はっきり言ってショックだった。ショックで、幻滅した。

コーヒーとデザートを頼むつもりだったが、食欲は失せ、ウェイターに勘定を頼む。立ちあがり、ホテルに向かっている途中で携帯が鳴るが、手は伸ばさず、旅が終わるまでムンディのメールには応じないと心に誓う。

〈ニッポン〉で働きだしてから二度目の火曜日——わたしの最初の休日——の午後は、たまたまロンドンの中心部にいた。大学の友人二人と昼食がてらぶらぶらし、音楽を聴いたり、サッカーの話をしたりしたあと、靴とトランジスタラジオの電池を買いに行った。やがてオックスフォード・ストリートのはずれの書店に行きつき、わたしは値引き品の入った大箱のなかに初心者向けの日本語の本を見つけ、めくりはじめた。箱に戻そうとしてふと、少し日本語を覚えてもいいかもしれないと思った。本は安かったから、迷うまでもなかった。支払いの順番を待つあいだ、友人の一人がぱらぱらと本を開き、書いてある文章を発音したのをおぼえている。二人は、わたしが〈ニッポン〉の求人に応募した日にヨウイ・スティンソンと一緒にいたから、その本を買う理由を説明する必要はなかった。

「〝エイゴ　ヲ　ハナセマス　カ〟」彼は読みあげ、訳した。「〝英語を話せますか〟」

そのとき背後で聞き覚えのある声がした。

「日本語を覚えるつもり、クリストファー？　そうなったら、あなたの後ろで内緒話ができなくなるじゃない」

はっと振り向くと、二冊の本を手にしたミコが若い男性と並んで立っていた。さっきからこちらを見ていたようだ。一瞬うろたえたが、すぐに自分を取り戻し、気がつくとこう答えていた。「貸そうか？」

ミコはぎくりとし、わたしはすぐに失言だったと気づいた。なぜこんなことを言ったかというと、タカハシさんがつねづね、娘は日本語があまりよく話せない、すっかりイギリス人になってしまって、このままでは自分のルーツを失ってしまいそうだと言っていたからだ。タカハシさんは、わたしやほかの従業員の前で遠慮なくミコにそう言い、わたしと二人きりのときは、娘が母国語を忘れないようもっとしっかり教えるべきだったと認めつつ、〝きみはアイスランド語を忘れてはいけない〟と諭した。このことをタカハシさんがどれほど真剣に考えていたかはわからなかった。自分がどこの国の人間かを忘れてはいけないと、軽い口調で娘をからかっているだけのようにも見えたからだ。ミコも同じ調子で〝また父さんたら〟と返すか、あきれたように目をまわしてみせるだけだった。だが、いま彼女の顔を見たとたん、父親の言葉をどれだけ気にしていたかがわかった。口もとからはさっと笑みが消え、瞳からはいたずらっぽいきらめきが消えた。まるでわたしが彼女の見えない盾を剝ぎ取り、目の前で無防備な姿をさらさせてしまったかのように。

すべてが数秒間のできごとで、ミコはすぐに気を取り直し、ふたたび笑顔を作ると、連れの男性にわたしを紹介した。「ナルキ、こちらはクリストファー。ＬＳＥをやめて父の店でお皿を洗ってる人」

わたしたちは握手した。

「ナイフとフォークもお忘れなく」わたしはさっきと変わらぬ口調で言い添え、二人に友人たちを紹介した。

会計の順番が来て、ほかに何をするまもなかった。わたしは本の代金を払い、ほどなく友人とともに店を出た。

自分ひとりだったら、まずあんなふうには答えなかった。ミコのペースに押され――からかいの標的にされて――言葉に詰まり、しどろもどろになっていたはずだ。でもわたしは友人と一緒だったせいか気が大きくなっていた。それとも彼らの前では恰好をつけたかったのかもしれない。

けれども内心はナルキと、彼がミコの隣にいた事実に動揺したことを言っておかなければならない。二人は手をつないでもおらず、いちゃついてもいなかったが、どういう関係かはひとめでわかった。彼を見たとたん、気落ちし、それがわたしの振る舞いにも影響したのは疑いようもなかった。

そのとき、〝タカハシさんは娘の交際相手がナルキのような人で喜んでいるだろう――ミコには日本人男性と付き合ってもらいたいと望んでいるはずだ〟と思っても不思議はなかったが、どうもそうとは思えなかった。そこでようやくわたしは、ミコが〝友人たち〟と出かけるのをタカハシさんが止めようとした、あの土曜の夜を思い出し、何か違う理由があったことに気づいた。タカハシさんが二十二歳にもなる娘の生活に口出しするのは妙に感じたが、そのときは文化の違いによるものだと思った。タカハシさんはミコが二歳のときからイギリスに住んでいるが、多くの点で厳格で、古風なタイプだ。その時点でわたしが二人の過去について知っているのは、せいぜいそれくらいだった。

金曜日が来るのが待ち遠しくもあり、怖くもあった。少し前から、わたしは昼と夜の勤務のあいだの自由時間を有効に使おうと、大学の寮を出たあとに借りた部屋に帰るようになっていた。音楽を聴き、本を読み、友人たちが暇なときはカフェで会うこともあった。そして午後六時前には店に戻った。皿洗いはもっと遅くならないと始まらないが、行けばいつも何かしらやることはあった。

けれどもあの金曜日は店の周辺で時間をつぶし、五時少し前には店に戻った。土砂降りの雨で、降り出す直前に店に入ったのをおぼえている。厨房でふきんをたたみ、物置部屋に食器洗浄液を取りに行き、サッカー好きのスティーヴとしばらくおしゃべりした。彼はアーセナルの大ファンで、わたしはリーズのファンだった。

ミコが駆け足で通りを渡るのが見えたとき、わたしはたまたまふきんを握っていた。いつ来るかと、さっきから何度も窓ごしに外を見ていた。ミコは髪と膝丈の青いコートをびっしょり濡《ぬ》らし、息を切らして店に駆けこんだ。わたしはふきんを手渡した。「これでふく？」

ミコは黙って受け取ると、わたしが立って見ているのもかまわず顔をふき、髪を軽く叩いて乾かした。彼女がコートを脱ぐ段になって、わたしは片手を差し出し、ふきんを受け取った。

「ありがとう」ミコが言った。

わたしはうなずき、厨房に戻ろうとした。

「〝フキン〟」そのとき彼女が言った。

「え？」

「ふきん《ティータオル》のこと。〝フキン〟」

わたしはどきっとした。てっきりミコは、日本語になんの不自由もないことを見せつけ、書店でのわたしの態度を責めているのだと思った。けれども、そこで彼女は笑みを浮かべて近づき、わたしの肘のちょっと上にほんの一瞬触れてから厨房に入っていった——立ちつくすわたしを部屋の真ん中に残して。


厨房とパントリーを仕切るドアを通って掃除用具置き場を抜けると、小さな裏庭に出た。庭というより、両隣と背後に接する家の細長い庭とをへだてる、高さ二メートル足らずの壁にはさまれた路地のようなものだ。庭に出て右手には小さな丸テーブルがひとつと椅子が二つ、左側の大型冷蔵庫には店に収まりきれない予備の食品や飲み物が入っていて、冷蔵庫の隣には炭酸飲料やビールの入った木箱がいくつか置いてあった。

天気がいい日は、午前中と、午後にもう一度、陽が射しこんだ。ゴトウさんは庭のテーブルの椅子に座ってタバコを吸うのが好きで、たまにうたた寝をした。タカハシさんとヒトミは冷蔵庫に何か取りに来るとき以外、裏庭に出ることはめったになかった。

あれは土曜日だった。雨に降られたミコが店に駆けこんできてから丸一日がたっても、腕には彼女に触れられた感覚が残っていた。あのあとは一度も言葉を交わさなかった。店は忙しく、ミコは店が閉まるとすぐに帰った。彼女は何もなかったように振る舞い、わたしの目にはなんの変化も見えなかった。

そのころわたしは、天気がよければラジオを片手に裏庭の椅子に座るようになっていた。からりとした、とても暖かい日で、風もなかった。ときおり雲のすきまから陽が射していた。ランチタイムが終わると、タカハシさんは外出した。スティーヴは厨房にいた。

スポーツニュースを聴いていると、ミコが庭に現れた。エプロンをはずし、黒いスカートに白いブラウスという恰好だ。ミコは陽が当たる場所で立ちどまった。わたしは空いた椅子に乗せていた足をあわてて下ろした。それに気づいても、ミコはその場にじっと立ったままだ。

「どうしてやめたの？」

「やめたって、何を？」

「勉強」

「興味がなくなった」

「興味がなくなっても、ふつうはみんな卒業するでしょ」

「ぼくは違った」

「興味があった時期もあったってこと？」

「うん」

「何があったの？」

世界の現状とか、経済学の失敗とか、ほかの人に話したようなことを繰り返す気にはなれなかった。「何かが変わった」

「父には理解できないみたい」

「ぼくの両親も」

ミコはわたしを見た。「じゃあ、あなたは？　あなたは自分がわかる？」

どう答えようかとまごついていると、先にミコが言った。

「あたしはときどき自分がまったくわからなくなる」

「不安にならない？」

「ううん、わくわくする」

わたしは、自分の何がわからないのかとたずねようとして言葉をのみこんだ。ミコはタバコに火をつけた。タバコを吸うところを見るのは初めてだった。わたし自身は二度と吸わないと決めていたから、ミコに箱を差し出されても断った。

ミコは心理学を学んでいた。タカハシさんはわたしにそう話し、あんなものを勉強して何になると思うかとたずねた。心理学のことは何もわからないと答えると、がっかりしたようだった。娘には違う分野を選んでほしかったと彼は言った。もっと実用的な学問を。「あの子には自立の道が必要だ。誰にも頼らず生きてゆけるように」

タカハシさんが娘の将来について、こんなに進歩的な考えを持っているとは意外だった。日本社会のことはよく知らないが、女性解放運動が生まれた場所ではないことだけは確かだ。

ミコは黙ってタバコを吸いながらわたしを見た。「あなた、彼に似てる」

誰のことだろうと思っていると、ミコがラジオを指さした。ジョン・レノンが《ジュリア》を歌っていた。気づかなかった。

「あごひげだけだ」わたしは言った。

「ううん、それだけじゃない」

話の続きを待ったが、ミコはそれには何も触れず、「二人は結婚した」と言った。わたしはうなずいた。

「今朝の二人の写真、見た？」

見た――わたしは答えた。ジョン・レノンとヨーコ・オノのニュースは、二人が世界平和のために二日前からアムステルダムのホテルの一室でベッド・インを始めてから途切れることがなかった。

「どう思う？」

わたしは、いいと思うとか、そういうことを言った。

「そうじゃなくて、二人のことをどう思う？」

わたしは言葉に詰まった。ふと、ミコがわたしたちのことを何かほのめかしているような気がした。どきっとして、期待に胸が高鳴った。わたしはジョンとヨーコをほめるようなことを言おうとして、ミコにさえぎられた。

「これはお母さんのことを歌った歌ね」

〝貝殻の瞳《シーシェル・アイズ》、風のようなほほえみ《ウィンディ・スマイル》〟——ジョンはそう歌っていた。

「彼女はジョンが幼いときに彼を捨てた」ミコは続けた。「いまではヨーコ・オノが彼のお母さん」

わたしはミコが冗談を言っているのだと思って、にこっと笑った。

「本当よ」ミコは言った。「でも、あたしはヨーコには似ていない」

ミコはタバコをもみ消すと、吸いさしをドア脇のゴミ箱に投げ入れ、店のなかに消えた。

親密さ。それが、ソニヤが母親について書いた追悼記事の核心だった。この言葉が何度も出てきたから、一貫したテーマであったのは間違いない。わたしなら〝温もり〟と書きそうなところで、ソニヤは〝親密さ〟という言葉を使った。それを誰に遠慮することもなかった、とりわけわたしには。ソニヤはよく――その人の内なる核とか、人がなりうる最良の状態とかについて語るときに――そのような少し気取った言いかたをし、わたしが彼女の言葉選びをやんわりとからかうと不機嫌になった。「いっそ超豪華版にしたらどうだ？」前に一度、言ったことがある。「それとも限定版とか」ソニヤにはまったく受けなかった。ともかく、彼女が書いた記事の核心は親密さであり、それがまわりとの関係性のなかで果たす役割についてだった。世のなかにはそれをより必要とする人がいる――ソニヤはそう書いていた――それなしでは幸せになれないような人が。インガは親密さを生きがいにし、驚くほど寛容だったと続け、母が庭に注いだ愛情にまで関連づけた――そうしたことが流行《はや》る前から母は庭の花に話しかけていたと回想を交えながら。〝母の庭の花はどんな花より美しく、シャクヤクを見た人は誰もが賞賛せずにはいられなかった。多くの人に株を分け、そのどれもが立派な花を咲かせたが、母の花にかなうものはなかった〟一度ならず繰り返されるこの魅力的なエピソードは、当然ながら時間とともに少し鼻についてきたが、だからといってインガのシャクヤクにけちをつける気はない。彼女が育てた花は実に美しかった。最後にソニヤは花の逸話をこう締めくくった―― 〝インガの愛情は実を結んだ、なぜなら彼女が育てた花は、注ぎこんだだけのものを彼女にあたえてくれたから〟

この話に悪いところは何もない。感動的で、決まり文句が多すぎるきらいはあるが、品《ひん》のある書きぶりだ。正直、なんの文句もなかった——ソニヤが花と人間を同列に論じはじめるまでは。そのくだりに来たとたん、わたしは眉を寄せ、メガネをはずしてかけなおした。もしかして読んでいるうちに眠ってしまい、夢を見ているのかと思ったほどだ。

〝けれども花と人間は別物で、母はそのことをわかりすぎるほどわかっていた〟

もしソニヤがこれに続けてインガの繊細さとか、たいていの人が気に留めないようなことも心に深く受け止めがちだった性格とかに言及していたら、この一文もそこまで突き刺さりはしなかったかもしれない。インガにとっての最悪の日々については言うまでもないが、もちろんそのことには触れられていなかった、なぜなら、追悼記事に故人の最悪の日々が入る余地はないからだ。

そこで終わっても申しぶんのない記事になっていたはずだ、段落を変えるまでもなく。しかしソニヤはこう続けた——〝母は二度、結婚した。最初の夫はわたしの父、写真家のオッリ・ゲスツソン。二人はとても若くして結婚し——若すぎたと母はよく言っていた——愛し合っていたが、やがて離れて暮らすようになり、わたしが四歳のときに離婚した。わたしが二人のあいだの葛藤にまったく気づかず、離婚の前も後もほとんど苦しまずにすんだのは彼らの成熟のあかしであり、事実、父は何もなかったかのようにかわいがってくれた。母の二番目の夫——

わたしの義父――はレストラン経営者のクリストファー・ハンネソン。彼はいまも健在である〟

ピリオド。それきり記事のなかにわたしのことはひとこともなかった。そしてふたたび段落が変わり、こう続く――

〝誰もが自分を慈《いつく》しめるとはかぎらない。あるがままを受け入れる心《マインドフルネス》は何もないところからは生まれない。その心がなければ親密さはない〟

記事のなかで、どんなにわたしたちの誰もインガほどの寛容さを持てず、わたしたちの誰も彼女ほどの内なる泉を持てなかったというような表現を繰り返そうと、その棘のある言葉がわたしに向けられたのは明らかだった。

クヴェラゲルジの一件は最後に出てきた。そのあたりになるとソニヤの筆はうわすべりし、話はあちこちに飛び、時間が足りなくなったのは疑いようもなかった。ソニヤにはなんでもぎりぎりまで先送りする癖がある。わたしが長い一日の仕事を終えて家に帰ると、インガが寝たあともしばしば起きていて、そんなときは決まってイライラしながら論文の締め切りに間に合わせようと悪戦苦闘し、あるいは試験直前に勉強を詰めこんだりしていた。どんなに疲れていても、わたしはそのたびに付き合って彼女が書いた文章を読み、難しい数学の問題を手伝い、間違いを直し、アドバイスをして真夜中を過ぎることもあった。そのようなときにソニヤが写真家の父オッリに助けを求めに行った記憶はない。そのような夜に親密さや寛容さが足りなかったとは思えない。

ソニヤを恨んではいない。彼女にとって母親の死は打ちのめされるほどの衝撃だった——わたしにとってそうだったように。インガが抱えていた問題、つまり不調の原因については、ソニヤに相談しても無駄だった。そもそもソニヤはそれについては多くを知ろうとせず、わたしはできるかぎり彼女の盾になった。ソニヤが独立して家を出、夫婦二人なってから、インガの問題はますます頻繁になり、やがて彼女は苦しい時間を経験した。それでも状況はしだいに改善した——とくに更生《リハビリ》のあとは。

葬儀が終わってソニヤと抱き合い、柩のあとから教会を出たときは、もう二度と彼女の口からあのような言葉を聞くことはないだろうと思った。弔問客を迎えたさいも、ソニヤは食事やテーブルセッティング、選曲にいたるまですべて首尾よく手配したわたしに感謝した。それからの数日間は日に何度もわたしを訪ね、母親のことを話し、あれこれとたずね、楽しかった日々の思い出を語った。だからなおのこと、二週間後の夜、わたしが葬儀で泣かなかったと言うためだけに電話をかけてきたときは愕然《がくぜん》とした。

なぜ、いまとつぜんこんなことを思い出すのだろう？　理由は、ホテルの部屋に戻ってから何度も読み返しているミコからのメッセージに心が揺れ、それまで火花ひとつなかった場所に火がついたからとしか考えられない。具体的には、二日前にミコが日本時間の真夜中に書いた、なんということはない文章が頭から離れなかった。そこには、教師の仕事が楽しかったこと、

〝すばらしい父親になれたはずだった〟としか知りようのない前夫のことが書いてあり、〝それでもいい人生だった〟と締めくくられていた。

いま読み返しても、二日前に読んだときと同じように幸せな気分になるが、気がつくとわたしは考えこんでいる。あの奇妙な追悼記事を思い出し、自分に問いかけている――インガはいい人生を送ったのだろうか？　その問いには答えられない。何もかもが灰色にぼやけ、あの医師の言うとおりかもしれないと思いそうになる。だが、そこで気を取り直し、自分に言い聞かせる――ミコがわたしの前から姿を消すと決めたからといって彼女が幸せでなかったわけではないし、インガが死ぬまでわたしと過ごしたから不幸でなかったわけでもない。こんなことを考えても自分を苦しめるだけだ。そう何度も繰り返し、そのとおりだとわかっているのに、疑念は胸のなかにひたひたと――ボートにしみ出す水が、古い割れ目が閉じてもまた新しい割れ目を見つけて一滴ずつしみてくるように――広がり、ふいに水底《みなそこ》に落ちていきそうな気分にとらわれる。

よい眠りに勝るものはない。

ここまでの旅でよほど疲れていたらしく、わたしはぐっすり眠り、七時近くにようやく目覚めたときは心穏やかで、完全に休息した気分だった。目を開ける前から、胸の奥で張り詰めていた思いが跡形もなく、きれいに取り除かれ、重要なできごとがあるべき場所に収まっていると感じた。ほっとすると同時に少し不安にもなった。寝ているあいだに誰かが頭のなかに忍びこみ、春の大掃除さながらすべてを並べ替え、洗濯し、ほこりを払い、ゴミのたぐいを捨て去ったかのような気がしたからだ。

このすっきり感は天気のせいではない。外は霧雨で、何もかもが灰色だ。うとうとしながら、遠くに食器がカチャカチャぶつかる音と低い話し声が聞こえた気がして、一瞬〈トルグ〉の夢を見ているのかと思った——長いあいだにはそんなこともたまにあった。やがて、音は外から聞こえてくるのに気づき、バスルームの窓を開けると、眼下に朝食を提供するこぎれいな裏庭が見えた。

わたしはいまそこに座っている。三つのテーブルに分かれて座る四人の客が霧雨で濡れないよう、頭上にはテーブルと椅子をおおうように防水シートがかけてある。もっとも、ウェイターに雨を気にする様子はない。ベーコン、卵、黒ソーセージとトーストを注文した。目覚めたとたん、夜勤で働いたあとのように空腹を覚えた。さらに、バスルームの窓を開けたときに立ちのぼってきたベーコンの芳香に食欲を刺激され、わたしは手早くひげを剃《そ》り、歯を磨き、気がつくと階下に急いでいた。

心を乱されたのはムンディのメールのせいだ。動揺するあまり、状況を正しく判断できなくなり、はっきり言ってわれを失った。うまくいかないときはそういうもので、ひとつのことが次に連鎖し、ばかげた考えが次々に浮かび、挙句の果てに自分で自分を窮地に追いこみ、逃げ場を失った。さいわい、そんな気分は吹き飛んだ。今日はいい日になりそうだ。

ウェイターが食事を運んできたときはタカハシさんのことを考えていた。彼から朝食を始めたいと告げられた日のことだ。手始めに週に二日、水曜日と金曜日だけ出してみようと思う、ついてはあと数時間、余分に働いてもらえないだろうかという話だった。開店は七時、仕込みは簡単だから五時半くらいに来てくれればいいと彼は言った。わたしは漁船で夜明けとともに起きて働いた経験があり、そもそも早起きなので、なんの問題もなかった。さらにタカハシさんは、調理の手伝いもしてもらいたいから、いつもより仕事の種類は増えるだろうと続けた。

この申し出に、わたしは跳びあがらんばかりだった。すでに仕込みの手伝いは始めていて、野菜を切ったり、卵液を作ったり、魚の下処理をしたりするのはかなり上達していたが、ご飯を炊くとか、だしをとるといったことはまだやらせてもらえなかった。でも、タカハシさんのそばにいれば、じきに覚えるはずだ。伝統的な日本の朝食は、ほかの食事と同じく、いわゆる一汁三菜が基本になっている。汁ものが一品に惣菜《そうざい》が三品のことで、朝食はこれを簡単にした、味噌汁《みそしる》、ご飯、野菜の漬物が数種類に焼き魚で、たいていは鮭だ。

初めてタカハシさんのことを知るようになったのは、そんな朝を過ごすようになってからだ。ほかの時間の彼は驚くほど自分のことを話さなかった。わたしは少しばかりその影響を受けているのかもしれない。ソニヤが追悼記事のなかで、わたしがあまり自分を見せないとほのめかした理由はたぶんそこにある。タカハシさんとはいろんな話をした。長時間、肩を並べて働くレストランの厨房ではめずらしいことではない。そして自分たちの会話、あるいは沈黙——それはどちらも同じように心地よかった——を誰にも邪魔されず、二人だけで過ごせる早朝の時間を楽しんでもいた。タカハシさんは〝夜明け前の起床〟の利点を力説し、わたしはうなずいた。自分でも、夜明けが心のなかの何かを刺激すると感じるときがあった——そのときでなければ思いつかないような、別の時間には言わずにおくような何か。秘密というのではないが、ほかの時間には気づかない、ほかの時間には違う姿でしか現れないような何か。

ある朝、味噌汁に入れる豆腐を切っていると、タカハシさんがふいに言った。「間違いだったのかもしれない」

調理のことかと思ったが、手違いはどこにもなかった。

「ここに移り住んだのは」彼は言葉を継いだ。

いつですか。

「一九四八年」

「ここは嫌いですか？」

タカハシさんは鮭を三枚におろしていて、わたしはしばし自分の包丁を脇に置き、彼の手早く正確な動きを目で追った。

「わたしは結婚が遅かった」彼は手を止めずに言った。「結婚は早いほうがいい、クリストファーさん。子育ては年寄りの仕事ではない」

ミコのことを言っているのは明らかで、頬が熱くなった。名前こそ出なかったが、その瞬間、彼女に対する気持ちに気づかれているのではないかとどきりとした。間違っても疑われるような目で彼女を見ないよう、できるだけ自分を仰えているつもりだったが、それでも感づかれていたと思ったとたん、顔が赤くなった。

何か言わなければと思いながら、何も思い浮かばなかった。沈黙を破ったのはタカハシさんだった。「どこか別の場所に行ったほうがよかったのかもしれん。いっそ、もといた場所にとどまったほうが」

「ご親戚もこちらに？」

「いや」

「なぜイギリスに？」

彼はほほえんだ。「航空賃がいちばん安かった」

日本のどこに住んでいたとかいう話はこれまで聞いたことがなく、わたしは思い切ってたずねた。

「東京だ」とタカハシさん。

「そこに住んでいたんですか？」

「そこから飛行機が飛び立った」

質問を避けられている気はしなかった、少なくとも彼の声の調子からは。それでもなぜかそれ以上はきけなかった。わたしは彼が三枚におろしてスライスした鮭を焼き、ほどなくヒトミが現れ、最初の客がやってきた。

それは金曜日だった。昼食後、わたしはコーヒーと本を持って裏庭のテーブルの椅子に座り、ミコが来るのを待っていた。〈ニッポン〉で働きだしてから六週間が過ぎ、金曜と土曜の午後の休憩時間は店の敷地を離れず、ミコが来るのを心待ちにするようになった。正直に言うと、ミコが日曜の昼の勤務を終えた瞬間から、次に会える日が待ち遠しかった。休みの日に二度、会えるはずもないのに、ミコが通う大学キャンパスの脇を通ってみたりもした。だが、その日わたしは裏庭で、ときおり本に目をやり、自分で淹れたコーヒーを片手に、生綿《きわた》のような雲が優しい南風になびくのを見ながら待っていた。

いつのまにかうとうとしていたらしく、裏庭までタカハシさんの声が聞こえるのにようやく気づいた。タカハシさんが声を荒らげるのを聞いたのは初めてだった。どなり声ではないが、怒っているのは明らかだった。ほとんどが日本語で、話の内容はわからなくても、その声には怒りと失望が感じられた。ほかの声は聞こえず、誰に話しているのだろうと思っていると、やがてミコが答える声が聞こえた――「あたしは子どもじゃない！」

重苦しい沈黙のあと、裏庭に通じるドアが開き、すぐにミコが出てきた。これ以上は歩けないとでもいうようにドアの外で立ちつくし、両手に顔をうずめた。こんなミコは見たことがなく、見てはいけないと思った。わたしがいるのにまったく気づいていなかったからだ。わたしは咳払いし、椅子がきしむまで背もたれに寄りかかったが、黙っていた。ミコはびくっとして顔から両手を放し、あわてて目元をぬぐった。

何か声をかけたかったけれど、盗み見していたかのような恥ずかしさが先に立った。わたしに腹を立てているのではないかとさえ思ったが、そうではなかった。ミコは無言で、最初はわたしを見ずにまっすぐ前をにらんでいた。やがて深く息を吸って言った――わたしにというより、おそらく自分自身に向かって。「父さんは何もわかっていない」

どういう意味か知りたかったが、口をつぐむだけの分別はあった。

「そのことを担当教授に話してみた」ミコは言った。「二十年もたつのに、父さんはいまも過去にとらわれてる。あたしたちがいまもあそこにいるみたいに。ずっとあの場所にいるみたいに」

「東京?」

ミコはわたしのほうを向いて、じっと見つめ、短い間のあとに言った。「いいえ、広島」

ミコは何か大事なことを告げていた。ただ、それがなんなのか、わたしにはまったくわからなかった。

広島に投下された原子爆弾については学校で学んだが、それに関する知識は教科書の一ページにも満たなかった。それ以上、知る必要などなかったのかもしれない。ミコはただ、タカハシさんがいまもその影響に苦しみ、過去の亡霊を追い払えずにいると言いたかっただけかもしれない。その歴史についてほとんど知らないわたしのような人間にも、それは充分に想像できた。だが、そんな説明だけで満足できるはずもなく、何より裏庭でわたしのほうを向き、じっと見つめたあと、ようやくタカハシ父子《おやこ》の口から一度も聞いたことのなかった街の名を告げたミコが頭から離れなかった。〝揺るぎない口調で〟と言ってもいいかもしれない。あのときのミコは、その場の勢いでうっかり口にしたというより――なんの説明もなかったけれど――よくよく考えたすえに覚悟を決めて明かしたように思えたからだ。

春までは大学に籍があったので、まだ図書館が使えた。次の月曜日の昼食後、わたしは図書館へ行き、原爆投下そのものについて、また、それにいたるまでの経緯と影響に関する資料をくまなく調べはじめた。そこでわかったのは、アメリカが広島を選んだのは、それが海沿いの街で、それまで攻撃を免れていたからという事実だった。東京も候補にあがったが、すでに壊滅的な打撃を受けており、原子爆弾による破壊にさほど衝撃はないだろうと見なされた。いっぽう広島はまったくの無傷だった。街並みも、元安川《もとやすがわ》にかかる橋も、主要な鉄道駅も、港も、寺町通りの寺もまだ残っていた。その朝、人々は仕事に、子どもたちは学校に向かい、太陽が昇り、そして沈んだ。一九四五年八月六日午前八時十五分、まるで片手をひょいと振っただけとでもいうように一瞬ですべてが変わった。コードネーム〈リトル・ボーイ〉は広島の上空約六百メートルで爆発し、街は壊滅した。その日、七万人以上が命を落とし、その後の数ヵ月で、その数は二倍になる。

図書館で読んだのはこのような事実だが、実際はそれ以上の衝撃だった。まさに時間のたつのも忘れ、夜の勤務に遅れないよう走って戻らなければならなかった。投下の前と後の、建物と人々の写真が収められた本を穴が開くほど見つめた。そのなかにタカハシさんを想像しようとしたが、とてもできなかった。

本を読んだあとは、想像した以上に動揺していた。学生運動ではかすかに興奮を覚えることもあったが、いま湧きあがってくる怒りはまったく別物だった。そこには絶望、悲しみ、無力感、そして驚愕《きょうがく》が入り混じっていた。

息を切らして店に戻ったわたしは、タカハシさんに見られたとたん、いままで自分が何をしていたかに感づかれるのではないかと恐れた。最初の数分は必要もないのに彼の視線を避けた。タカハシさんは夕食の仕込みの最中で、わたしの顔を見ると、〝ゴトウさんを手伝ってパントリーから材料を取ってきて、野菜を切ってくれ〟と頼んだ。その晩、タカハシさんは機嫌がよく、わたしやゴトウさんやヒトミに冗談を飛ばした。たとえば、調理中の魚に話しかけるふりをして魚の頭を指ではさみ、太った鯖《さば》が返事をしているかのように口をパクパク動かして見せた。いつもならタカハシさんが魚に日本語で話しかけ、魚が〝おまえの言うことはひとつもわからねえ。口のききかたを知らねえのか？〟と乱暴な英語で答えるのを見たら大笑いしただろう。けれども、わたしは作り笑いを浮かべるのが精いっぱいだった。図書館で見た写真が頭にこびりつき、かつてあの街でタカハシさんとミコが暮らしていたことと、いまの厨房の楽しげな雰囲気とも結びつかなかった。頭がぼうっとして、感覚が麻痺《まひ》していた。タカハシさんはそんなわたしの様子に気づいていたとしても、それには触れず、冗談を言いつづけた。おそらくわたしを元気づけようとしていたのだろう。それはようやく功を奏し、夜が更けるにつれて、少なくともしばらくのあいだはリラックスし、図書館のことを考えずにすんだ。

いつものようにゴトウさんとヒトミは先に帰り、タカハシさんは店の事務をするときに使う小机の前に座った。机は厨房からちょっと引っこんだ隅にあり、壁の高い位置にある窓から裏庭が見渡せた。タカハシさんは店の経営についてはさほど熱心ではなかったが、わたしには何ごともいい加減にしないことが大事だと教えた。その言葉どおり、彼は請求書の支払い期限を守り、帳簿をきちんとつけ、仕入先への注文をこまめに確かめ、つねに必要な材料や道具を切らさなかった。机の上の棚に並んだ本――どれも日本語だった――の隣にはノートを常備し、いろいろと書き留めてもいた。何を書いていたのかは知らないが、よく〝これは書いておこう〟といったことを言うのを耳にしたから、経営に関する覚え書きもあったと思う。客に関する情報のときもあった——氏名、誕生日、好きな食べ物。おぼえておきたい新しい言葉や表現を書きつけてもいたようだ。タカハシさんがゴトウさんから英語を学ぶことはまずなかったから、それはたいていスティーヴが店にいる週末だった。

その夜、帰る準備をしていると、タカハシさんに呼び止められた。「クリストファーさん、見せたいものがある」

エプロンを置いて厨房の隅をのぞくと、彼はノートを開いて待っていた。

「俳句というのを知っているか？」

わたしは首を横に振った。

彼は説明したあとにたずねた。「アイスランド語に似たようなものはあるか？」

ずいぶん違うが、四行詩がもっとも近い気がした。「でも、それは一つの連が四行でできています」わたしは言った。

「クリストファーさん、自分の気持ちを少ない言葉で表現するのは実に難しい」

わたしはうなずいた。

「ちょうど魚の句を作ってみた。そのくらいはしてやってもいいと思ってね」

彼はそう言ってノートを手渡した。

## 魚《うお》に日本語識《し》る間なし

わたしたちは笑みを交わし、タカハシさんは手を出してノートを受け取り、ぱたんと閉じた。「たまには声を出して笑ったらいい、クリストファーさん。元気が出る」

そうですねと言いながら、わたしは少し顔を赤らめた。やっぱり、タカハシさんにはふさぎこんでいるのを気づかれていたのだ。わたしは〝ちょっと調子が悪くて〟とかなんとか理由をつけようと思いながらも黙っていた。

「若いころ」タカハシさんは続けた。「故郷の小さなレストランで働きながら勉強した。厨房に俳句の壺が置いてあった。紙切れに俳句を書き、折りたたんでなかに入れる。壺の前を通るたびに紙を取り出し、誰かの句を読む。従業員は少なかったから、誰が書いた字かはみなひとめでわかった。だから、わざとよその人に句を書いてもらったりもした。面白半分もあったが、身内どうしだと判定が甘くなるのを避けるためでもあった。まあ、そのほうがいいときもある。詠み人知らずのままのほうが。

同じような壺をこの厨房にも置こうと思っている」彼は続けた。「もしくはフロントに。近ごろそのことばかり考えている」そう言って、反応を待つようにわたしを見た。

「いいと思います」わたしは答えた。「わたしも詠んでみたいです」

タカハシさんは棚の本に手を伸ばし、差し出した。表紙には『日本の俳句』とあり、下に翻訳者の名前が書いてある。

「初めて英語で俳句を作ろうと思ったときに買った本だ。わたしには難しい、クリストファーさん。魚が日本語を話すのと同じくらい」

わたしは本をひっくり返して裏表紙をながめ、タカハシさんに返そうとした。

「持っているといい。スティーヴが俳句を詠んで壺に入れるとは思えない。ゴトウさんも、ヒトミさんも。少なくとも英語では」

わたしは礼を言ったが、自分に詩の才能がないことははっきりさせておきたかった。

「ならばわたしたちは同類だ」タカハシさんはそう言ってほほえんだ。

そこで彼は立ちあがり、わたしはコートを取りに行った。すぐにわたしたちは店の外へ出、挨拶をして別れた。


心地よい朝の散歩のあと、わたしはいまテムズ川のほとりに立っている。手始めに大学キャンパスへ行ったものの、すべて閉鎖されて見るものはなく、行先を変えることにした。気落ちしたわけではないが、大学とレストラン〈ニッポン〉――というかタトゥーショップ――が徒労に終わったことで、これ以上かつてのなじみの場所へ行っても時間の無駄だと判断した。もともと母校を訪れるつもりはなかったのだから、〝徒労〟は少し言い過ぎかもしれないが、大学はひどく閑散として、虚無感に襲われる前に去ることにした。あてもなくあたりをぶらつき、気がつくとレスター・スクエアを抜け、セント・ジェームズ・パークのなかを歩いていた。人の数よりガチョウの数のほうが多いほどだが、わたしは小径の散策を楽しみ、ベンチでゆっくり休憩した。ベンチからは近衛兵の任務の様子が見えた。衛兵の何人かは直立不動で、ほかの数人が立派な馬の手綱を引いて砂利のピッチをぐるりとまわる。小声で歩数を数え合っているのではないかと思うほど一糸乱れぬ足並みだ。儀式そのものにたいして意味はないが、見ていると心が安らいだ。世のなかには変わらないものもあると知るのはいい気分だ。

ホテルを出る前にフェイスブックをチェックすると、ミコからメッセージが届いていた。小躍りするような気持ちで開いたメールは、しかし、話をすると約束しておきながらできないことを短く詫びる内容だった。症状が悪化し、体がだるくて気分が悪く、眠ってばかりで、集中して考えられないと言葉少なに書かれていた。わたしはすぐさま、わたしのことは心配しなくていいと返し、もう少しで〝これから日本行きの便に乗る〟と書きそうになった。思いとどまってよかった。というのも、今朝フロント係から、飛行機は日本行きも含め次々にキャンセルが出ていると告げられたからだ。航空会社によれば今夜の便は予定どおりとのことだが、それもどうなるかわかりませんとフロント係は警告し、今朝もふたつのグループが空港に向かう準備をしているときに搭乗予定の便がキャンセルになった事例を話した。〝まったくなんの予告もなく〟――彼はそう言い、さいわい客室には余裕があるので、足止めされた客にはそのまま部屋を提供できたと言い添えた。

ミコは自分の病状を〝みっともないほどボロボロ〟と冗談めかし、わたしには彼女の声が実際に聞こえるような気がした。ひとりほほえんだあとで不安になった。ミコは簡単に泣きごとを言う人間ではないからだ。

でも、いまわたしはこうして川べりに立ち、あることを考えながら、人の心の不思議さに少しばかり思いをめぐらしている。それは、セント・ジェームズ・パークとウェストミンスター・ブリッジのあいだのどこかでふと、おそらくナルキとミコは結ばれたのだろうと思ったことだ。おそらく、すべてはわたしの思いこみで、ただの誇大妄想にすぎない。それでも、川向こうの巨大な観覧車〈ロンドン・アイ〉を見ていたとき、わたしはふいに、ナルキの苗字はナカムラだったと確信した。

もちろん、観覧車とナルキは、名前だろうと苗字だろうとなんの関係もない、だからなぜそのとき彼のことが頭に浮かんだのかはわからない。最初に観覧車に気づいたのは近衛騎兵隊をながめていたときで、てっぺんが王室騎兵隊《ホース・ガーズ》本部の建物の上方に見えた。いつもより動きが遅いような気がしたが、あの距離からは定かではなかった。川までたどり着き、巨大観覧車をさえぎる建物が何もなくなって初めて、停止する手前で速度を落としていただけだったとわかった。

そのときにはナルキのことで頭がいっぱいで、川岸の頑丈な鉄製の手すりにもたれてテムズ川の流れを見つめながら、なおも彼のことを考えていた。ナルキが〈ニッポン〉に来た日のことと、そのあとのできごとはいまも忘れられない。

それは火曜日の昼の勤務が終わった、午後三時半ごろだった。わたしは十五分ほど前に店を出たが、財布を忘れて取りに戻った。ドアを開けると、タカハシさんとナルキがテーブル席に二人きりで座っていた。どちらもわたしには目も向けなかった。足音を忍ばせていたので気づかなかっただけかもしれない。話しているのはもっぱらタカハシさんで、ナルキは短く答えるだけだ。日本語だったので、わたしにはひとこともわからなかった。

最初はナルキがミコとの交際についてタカハシさんに話をしに来たのか、それどころか結婚の申込みをしに来たのではないかとどきりとした。日本にそういうしきたりがあるのは知っていた。そのときはもう厨房から財布を取ってきていたけれど、わたしはすぐには去らず、ドアのそばにじっと立って、二人が何を話しているのかを声から探ろうと耳をそばだてた。

ヒトミは昼食後に店を離れ、ゴトウさんはパントリーで仮眠を取っていた。ゴトウさんの低いいびきがダイニングホールの低い会話に交じっていたが、ナルキが追いつめられていることはすぐにわかった。とはいえ、タカハシさんの口調に責めるような響きはみじんもなく、むしろ目の前の若者に助言し、何かを打ち明けているようにも聞こえた。たまに長い文章で答えるときのナルキは何かにすがり、詫びているようでもあり、いずれにせよ打ちのめされていたのは疑いようもなかった。

二人が立ちあがる音がしたので、わたしはそっと裏庭に出て、十分間じっとしていた。十分後に店に戻るとタカハシさんは机の前に座り、見るからに考えこんでいた。わたしは気づかれないよう、あわてて店を出た。

金曜日の午後にミコが店にやってきたのは、ナルキとタカハシさんが話し、彼女が広島のことを打ち明けたあとだったから、わたしはどきどきしていた。ミコは自分たちの過去についてさらに何か話すだろうかと思ったが、それはなさそうだった。ミコとは日曜の昼の勤務以来、一度も言葉を交わしていなかった。

ミコは時間より早く店に現れた。わたしは厨房を掃除していて、彼女が入ってくる音に気づかなかった。昼食どきは忙しく、タカハシさんと二人だけで切り盛りする朝食の時間はいつもながらさらに忙しかった。驚いたことに、その日の朝、タカハシさんはわたしに鮭のうろこを取って焼いてくれと言い、野菜の漬けかたを教えてくれた。そのせいで、お昼にゴトウさんが来て調理を交替したあとはリズムが狂い、いつもの皿洗いに戻るのに少し手間取った。それでもタカハシさんに調理を頼まれたことはうれしかったし、文句を言う理由はなかった。

気がつくと背後にミコが立っていた。いつからそうしていたのかはわからない。壁にもたれ、腕を組み、食器をふいたり片づけたりするわたしを見ているようで、その表情はただ空を見つめ、あるいは飛び去る鳥を見ているかのように妙にぼんやりしていた。

タカハシさんは厨房の隅の机に背を向けて座り、ミコが話しだすまで彼女がいるのに気づいていなかった。

「だんだん日本人のようになってきてるみたいね、クリストファー」その口調には奇妙な響きがあった。わたしはどう答えていいのかわからなかった。「どこもかしこもぴかぴかで、何から何まできちんとして……あなたのしぐさまで」

タカハシさんはやっていたことを中断して肩ごしに振り返り、一瞬こちらを見てから机の作業に戻ったが、成りゆきを気にしているのがわかった。

「片づけているだけだけど」わたしはようやく答えた。

「タカハシさんやゴトウさんに似てきたくらい」とミコ。

いよいよ答えに困った。わたしをからかっているのか、非難しているのか、わたしが日本人の真似をし、彼女の父親のようになろうとし、彼に気に入られようとしているんじゃないかと責めているのか。いずれにせよ、答えるまもなくミコは別の質問をした。「彼女、いる?」

わたしは動揺を隠しながら答えたが、うまく隠せたかどうかはわからない。「いや」

「前にいたことは?」

「ある」

「彼女の父親とはよく話をした?」

「やめなさい、ミコ」タカハシさんはじっと座ったまま、まっすぐ前を見つめ、静かな声で言った。ミコは父親を無視し、わたしの答えを待っている。

「会ったことはない」

「どういうこと？　付き合ってることを、彼女の父親とは話さなかったってこと？」

「ああ」わたしは答え、続く沈黙のなかで続けた。「真剣な付き合いじゃなかった」言い終わらぬうちに、わたしはミコの表情を見て、しまったと思った。彼女に引きずりこまれた会話を終わらせたいがためにそう答えたが、話は終わらなかった。

「ああ、そう」彼女は言った。「真剣じゃなかった……」

「ああ」

「それってどういう意味？　どこが、どうなれば真剣なの？」

わたしはタカハシさんを横目で見たが、首と肩しか見えなかった。彼はみじろぎもせずに座っていた。

「おたがい、先のことは何も考えていなかった」わたしはしどろもどろに答えた。

「つまり、それが真剣な交際かどうかを決めるってことね」彼女は言った。「先のことを考えてるかどうか……」

何を言っても無駄だとわかった。なおもミコは続けた。「それ以外には何も……。たとえどんなに……」

タカハシさんがさっと立ちあがった。わたしはびくっとしたが、ミコは予想していたらしく、足を踏ん張って立っていた。タカハシさんは何も言わず、父と娘は耳鳴りがしそうなほどの重苦しい沈黙のなか、じっと見つめ合った。

ようやく口を開いたタカハシさんの言葉は、わたしに向けられた。「すまない、クリストファーさん。もう帰っていい」

わたしはふきんを握ったままだったのに気づいて台に置き、コートを取りに行った。店を出るときにちらっと見ると、二人はさっきと同じ場所に立っていたが、どこか前より小さく見えた。うなだれ、肩を落とし、わたしがほんの一瞬前に感じた怒りの代わって、言いようのない悲しみが二人を包みこんでいた。

なぜこんなにもムンディの言葉に動揺したのかわからない。言うまでもなく、今回のバルドゥルの件はまったくのでたらめで、百歩譲っても誤解か、そうでなければ大げさに言っているだけだ。けれども悲しいことに、ムンディには何かもっと腹黒い思惑がある気がしてならない。ムンディは些細《ささい》なことを騒ぎ立てるのが生きがいで、人の弱みを見つけ、つけこむのに歓びを見出す男だ。本人はちょっとからかっただけと言うが、実際は〝意地悪〟というほうがふさわしい。昔からそうだった。だが、今回の件は一線を越えている。いちばん親しくしていた従業員をないがしろにしたと責められて、腹が立たないほうがおかしい。

店をたたむことを初めて話した相手はバルドゥルだった。前にも言ったとおり、どこからともなくウイルスが現れ、またたくまにこんな状況になった。閉店を告げられたバルドゥルは驚いたが、二人で話し合ったあとでは、急な決断とはいえ選択の余地はあまりないと納得してくれた。

こうなった以上、あのときの会話を思い出さないわけにいかない——それが、ムンディのメールで引き起こされた苦悩を取り除くためだけだとしても。

あれは火曜日の午前十時少し前だった。わたしは病院から戻ってきたところで、店のドアを開けてなかに入ったときは少しうわの空だったかもしれない。ともかく厨房に入ると、バルドゥルが〝変わったことはありませんか〟とたずねた。すでに客足は減っていたが、彼はその日の仕込みをしていた。わたしは少し休もうと声をかけ、二人でウイストゥルヴトルル広場に通じる道路が見渡せる、西向きの壁の横のテーブル席に座った。

どこに行っていたのかを話すつもりはなく、わたしは記憶がよみがえるままに昔話を始めた。

「ここは昔、ビャルニ・ヨウンソンのステーキハウスだった」

おぼえています、とバルドゥル。

「だが、ビャルニのステーキはまずくて、壁の色はやけに暗かった」

バルドゥルはうなずいた。たしかこの話は前にもしたことがあった。

「一度、彼の店で食べたことがある」わたしは続けた。「ただ、そのときはどうしたらもっとしゃれた店にできるだろうとかは考えていなかった。ステーキの風味を探すのに忙しすぎて」

バルドゥルはにやりと笑った。

「ビャルニとは会ったことがなかったな？」

「ありません」

「悪いやつではなかったが、料理のことは何も知らなかった。港の近くで何年もハンバーガーショップをやっていたが、ここで一旗あげるつもりだった。店がうまくいかないと、場所が悪いせいにした」

バルドゥルとはよく、つかのま人気が出てつぶれる店と、市場を開拓し、常連客を大事にしながらも新規の客を呼びこみ、時代の流れにも耐え、もともとの個性を失わず、かつ新しい潮流に応じて変化してゆく店の違いについて話をした。そして最後には決まって、最大の違いは料理そのものにあるという結論に達した——材料、処理の仕方、シンプルな盛り付け、工夫と創造、てらいのなさ。一流のサービス、温かい雰囲気、良心的価格もまたしかり。

だから、料理をないがしろにしたのが響き、結局ビャルニは料理よりもジュークボックスに興味があったようだとわたしが言っても、バルドゥルは驚かなかった。ビャルニはそれをカウンターの脇に自慢げに置き、聞きたがる人間には誰にでも、はるばるアメリカから買い求めた話をしていた。

「それで、不動産業者と一緒にここに来たとき、即座にこれこそ自分が望んでいた場所だと感じた」わたしは言った。「戸口をまたぐ前から借りることはもちろん、どんなふうに変えるかまで決めていた。一瞬で自分の店だと感じた」

自分もそうだったと、バルドゥルは言った。「でも、たまたま通りでアウスベルグに出くわし、〈トルグ〉に採用されると知りました。実を言うと、声さえかかれば〈ホテル・ホルト〉で働きたいとずっと思っていました。〈トルグ〉はダメだったときの控えだったんです」

その話は忘れていたとわたしは言った。

「話したことはないと思います」バルドゥルはそう言って笑みを浮かべた。「そこへ〈ホテル・ホルト〉からも採用通知が来て、どちらかを選ばなければならなくなった」

「ここに来たことを後悔していないといいが」

「とんでもない。〈ホテル・ホルト〉にいたなら料理長がせいぜいでした」

おそらくバルドゥルは、わたしが長年にわたって〈トルグ〉の経営に関するほとんどを彼に相談してきたことを言ったのだろう――宣伝、ウェブサイトのデザイン、価格設定、とりわけ採用に関しては例外なく。去年、店を塗り替えたときは色についても相談し、少し温かみのある淡い色合いにすることで一致した。だから、バルドゥルは〈ホテル・ホルト〉にいるよりも確実に多くを学んだはずだ。

「だが、わたしはもうやり切った」わたしは続けた。「数ヵ月とは言わないまでも、ここ数週間は客は来ないし、持ち帰りと宅配だけではどう考えてもやっていけない。いいやめどきだということだろう」

さほど驚きはしなかったとバルドゥルは言った。パンデミックの前から、わたしは何度か引退をほのめかし、誰だって歳を取るというような話をしていた。「賃貸契約はどれくらい残ってますか？」とバルドゥル。

「十四ヵ月」

「そうなった場合、契約更新しないことについてフリッシは何か言ってましたか？」

「フリッシ？　いや、彼はわれわれに残ってほしがっている。いま身を引くのは契約の問題ではない」

わたしがいなくなれば状況は変わるだろうと、バルドゥルは言った。「あなたはレイキャヴィークのレストラン業界に多大な貢献をしてきたかたですから」

「そしていまやきみが引き継ぐ番だ。きみたち若い世代が。きみは、わたしがきみの年齢だったときよりはるかに有能だ」

「ありがとうございます」とバルドゥル。「すべてに感謝します、クリストファー」

そこでドアが開き、ステイヌンが入ってきた。

「続きはまたあとで」わたしは言った。「だが、悪いようにはしない」

バルドゥルはもともと堅苦しい人間ではないが、このときはわたしの手を握り、〝信頼してくださって感謝します〟と重ねて礼を言った。

それから二日前までバルドゥルと話す機会はなかった。彼にいつまで給料を払えるか、帳簿や預金残高をチェックするほうが先だった。ようやく二日前の朝早く、電話をかけた。彼をやきもきさせたくなかったし、一刻も早く喜ばせたかったからだ。

会話は短かった。もしかしたら寝ているところを起こしたのかもしれない。わたしは彼に、年末まで給料の全額を払うと伝えた。バルドゥルはわけがわからないというふうに何度も〝えっ？〟とききき直し、わたしは同じことを繰り返した。これで、じっくり考え、次にどうするかを決める時間はたっぷりあるはずだと。

「家族と過ごす時間も」わたしはそうも言った。「わたしの名前をもらった息子さんも喜ぶだろう」

それきりバルドゥルから連絡はない。だが、出発前に彼の口座に振りこんだから、当面、金の心配はないはずだ。

バルドゥルには誠意をつくし、最大限の配慮をしたつもりだった。それがいまムンディのせいで、まったく理不尽にも、バルドゥルに給料を払ったことで得た心の平安をつき崩され、もはや何も信じられない気分になっている。

バルドゥルに直接、話してみるべきか。いや、いまはそのときではない。もうすぐ空港だ。いまの状況からすると、日本行きの便は午後七時に出発する。でも、考える時間はまだあるし、そうするべきだと思ったら、その時点で電話すればいい。それまでムンディのメールのことはできるだけ考えまい。

飛行機は無事、離陸した。空は晴れ、ロンドンの明かりがみるみる消え、東のほうに見える街の明かりが近づいてくる。と思うまもなく最後の陽光に染まった薄雲が広がり、明かりは見えなくなった。

機内は半分が空席で、窓際に座るわたしの隣には誰もいない。乗客の大半は帰国する日本人で、わたしのような旅行客は少数派だ。気にしたわけではないが、出発ゲートで待つあいだ、ときおりいぶかるような視線を感じ、マスクをつけた若者に東京に行く理由をたずねられた。彼は日本人で、マスクのせいで少し聴き取りにくかったが、彼の好奇心ももっともだと思い、友人たち《フレンズ》を訪ねるためと答えた。友人《フレンド》と単数で言うことにどうしてこうも抵抗を感じるのかわからないが、そうなのだからしかたない。あとになって、彼にも旅の理由をたずねたほうがよかったと気づいたが、そのときは思いつかなかった。

あたりは静まり返り、飛行機は目の前のスクリーンで弧を描く飛行ルートをゆっくりとなぞるように飛んでいる。これからスウェーデンとフィンランドの上空を通過し、北に向きを変えてロシアを越え、ようやく南の太平洋に向かう。長旅だが、考えることはたくさんある。だから『日本の伝統詩選集』のほかに読む物がなくてもかまわない。

ようやくミコに、いま日本に向かっているというメールを送った。搭乗ぎりぎりまで遅らせたのは、乗りこむ前に返信を受け取りたくなかったからだ。出発ゲートではインターネットがつながらず、少し心配になったが、マスクをしたさっきの若者が、端に移動すればたいていつながりますと教えてくれた。たしかに彼の言うとおり――ほんのわずか離れただけで通信状態は格段によくなり――わたしはメガネをかけ、すばやくメールを打って送信ボタンを押すと、さらにすばやくポケットに携帯をすべりこませた。もっとも、いま日本は真夜中だから、ミコはぐっすり眠っているはずだ。

心はタカハシさんに謝られた日に戻ってゆく。わたしがふきんを置いてコートをつかんだときの、そして午後五時ごろに店に戻ったときのタカハシさんとミコの表情が目に浮かぶ。最初に思い出すのは、ドアを開けたとたんに聞こえたミコの笑い声だ。思わず足を止めたのをおぼえている。二時間前、店を出たときに店全体をおおっていた重苦しい空気と、あまりにかけ離れているように思えた。

ミコはヒトミと冗談を言い合っていた。その日はある常連客の誕生会のために店は貸し切りで、ヒトミも出勤していた。席が足りなくなりそうだったので、ビュッフェ料理を準備した——ギョーザ、枝豆、甘辛たれのつくね、焼き鳥、手羽塩、ほかにもいくつか、思い出せないが、手でつまめる料理があったはずだ。

ミコとヒトミはいかにもおかしそうに笑っていた。わたしはクローゼットにコートを掛け、靴を履き替え、エプロンをつけた。タカハシさんに会うのが怖かったが、彼も何ごともなかったかのように振る舞い、無用な心配だった。

「ああ、クリストファーさん、もう少し青ネギを頼む」

その晩は華やいだ雰囲気だった。わたしはミコが給仕をし、客としゃべり、客のあいだを巧みにすり抜けながら料理を運び、グラスに飲み物を注ぐ様子をこっそり目で追った。思い過ごしかもしれないが、ミコはさっき父親とにらみ合った痕跡を完全にぬぐい去ってはおらず、笑顔の下に、以前わたしが目にした、あの謎めいた憂いが垣間見えた。それが彼女の笑みをさらに美しく、純粋で、より意味ありげに見せているように思えた。いつまでも見ていられそうだった。

見とれるあまり、彼女が視線に気づいたとき、わたしは目をそらすことができなかった。ミコは枝豆の鉢を持ってダイニングホールに立ち、わたしは厨房《ちゅうぼう》の入口にいた。わたしたちは見つめ合った。またしてもミコに心のなかを見透かされた気がした。

パーティは真夜中すぎまで続いた。仕事を終わらせたタカハシさんは誕生日の青年と招待客に加わった。酒を飲み、楽しそうに見えた。ヒトミとスティーヴが帰り、わたしは片づけをした。

片づけが終わるころミコが厨房に現れた。何も言わず、すっと近づき、わたしの頰《ほお》に片手をのせた。そして優しく撫《な》でて、ふっと止め、しばらくして手を引っこめた。二人とも無言だった。

その夜は彼女の手のひらを頰に感じながら眠りについた。翌朝、目覚めたときも頰の感触は残っていたが、気がつくとわたしは、胸騒ぎにも似た、言いようのない不安に満たされていた。目を開けたとたん、それに気づいた――その瞬間まで忘れていた夢から生まれたとでもいうように。自分が何を恐れているのか、そのときはわからなかった。けれども、あとになって、すべてが終わり、あの日と、それに続く日々を思い返すと、そのときすでにわたしは終わりを予感していたような気がしてならなかった。

誕生会の翌日、カウンターの上に小ぶりの壺《つぼ》が現れ、折りたたんだ紙が一枚入っていた。早く着いたわたしはすぐに壺に気づき、なんの紙かもわかったけれど、取り出しはしなかった。青と白の古い陶器の壺で、花が一輪描かれ、花弁のあいだをチョウが数匹、舞っている。わたしが壺のことに触れると、タカハシさんは驚いたふりをし、なかの紙を読んだかとたずねた。わたしはエプロンをつけ、カウンターに戻った。

言うまでもなく、白い紙には黒いインクで俳句が書いてあった。タカハシさんの筆跡は独特で、英語より日本語で書くのに慣れているのが見て取れた。けれども読みやすく、その素朴さは好ましく、俳句というものにぴったり合っていた。

一夜明け
宴《うたげ》の料理
影もなし

日本の詩歌の本に目を通してみて、わたしもずいぶん俳句というものがわかってきた。大事なのは微妙なニュアンス、事象をすべて言わずにほのめかすこと、読み手が行間を読んでくれると信じること。この句からは、昨日のような特別料理はもう出てこないという思いと同時に、無常観のようなものも感じられた――同じように思える日々も、忘れてしまいそうな、あるいは記憶のなかにしか残らないような変化によって刻一刻と断ち切られ、変わりつづけているのだという感慨。

でも、タカハシさんに何が書いてあったときかれたわたしは、こんなことはひとことも言わず、「またいつものメニューに戻るようです」とだけ答えた。

明るい冗談はちょうどいい気分転換になった。朝からずっととりついて離れない不安を振り払いたかった。気がつくと、ミコに撫でられた頬に何度も、そのしぐさの意味をわかろうとするかのように手をやっていた。昨日の夜はわかったつもりだった。ミコが近づいて片手を伸ばし、わたしの目をのぞきこんだときは。でもいまは疑いが頭をもたげ、わたしを迷わせ、確信が持てなかった。

ミコが来るのが待ち遠しく、同時に怖かった。ようやくミコが昼の勤務が始まるほんの数分前に現れたときも、わたしは迷いつづけていたが、彼女はわたしを見てほほえみ、ささやいた
――「遅刻しちゃった。父さん、何か言ってた?」

いや、ミコのことは何も言っていなかった。でも、その日タカハシさんはよくしゃべり、誕生会のこと、俳句のこと、今日の鯖《さば》はあまりよくないこととかを話していた。スティーヴは昨夜、飲み過ぎて顔色が悪く、大儀そうだったので、タカハシさんはわたしに昼食の準備を手伝わせた。鶏の胸肉に小麦粉、卵液、パン粉をつけて揚げ、細長く切る。これは思いもかけない特別なはからいだった。というのも、カツ料理となるとタカハシさんはとても厳しく、豚カツでも鶏カツでも完璧な出来でなければ認めなかったからだ。揚げ油の温度は低すぎても高すぎてもならず、パン粉は胸肉全体にまんべんなくついていて、揚げたときに剝《は》がれ落ちてはならず、色はキツネ色で、焦げ茶色ではならず、間違っても焦がしてはならない。鶏肉がパサつい

てはならないのは言うまでもなく、そうなるとタイミングが重要だが、時計は自分の頭のなかにしかない。これは口で言うより難しく、前にスティーヴがカツから目を離し、タカハシさんが息をのむ場面を見たことがあった。そんなときもタカハシさんは、たいていは黙って出来の悪いカツをこっそり取りのけた。

昼食のあとでタカハシさんにほめられたときは、思わず誇らしさがこみあげた。とくに、わたしが言われなくても肉をまっすぐではなく斜めに――魚を薄切りにしたり、野菜を一口サイズに切ったりするときによく使う〝そぎ切り〟で――切った点をあげた。そのとき、わたしがこの数日ずっと考えていたことを口にできたのは、おそらくタカハシさんにほめられたせいだ。何度も言おうとして、そのたびに直前で怖《お》じ気《け》づいていた。何かというと、わたしは自分だけで一回の食事を作れるかどうかためしてみたかった。やるとしたら朝食だ。なんと言ってもタカハシさんの横で早朝から何日も働いてきた強みがあり、手順も完全にわかっている、少なくとも頭のなかでは。それに、この小さな挑戦はたいして迷惑もかからない。これまでのところタカハシさんは、朝食を出す日を増やしてほしいという常連客からの要望を断りつづけていた。

手短に言うと、タカハシさんはわたしの申し出を快諾してくれた。前もって言うセリフは考えていた――タカハシさんが朝、店に来る前までに自分が調理した跡はすべてきれいに片づけます。材料は控え目に使い、使ったぶんは自分で払います。でもタカハシさんは材料費に関しては耳を貸さず、そこまで言う必要はなかった。彼は笑みを浮かべ、いつにするのかとたずねた。わたしの熱意がうれしかったようだ。

「できれば火曜日に」わたしが言うと、タカハシさんは、火曜ならかまわない、前日に鍵を渡すから忘れていたら言ってくれと答えた。

この会話をしたのは、スティーヴとミコが午後の休憩で店を離れ、タカハシさんと二人きりになったときだった。だからその日の夜、店を閉めて片づけが終わったあと、ミコから朝食の計画についてきかれたときは驚いた。わたしは家に帰る前に一息つき、ビールでも飲もうと思って裏庭にいた。外は暖かく、ミコがまだいるのにあわてて帰る理由はなかった。ミコはドアを開け、裏庭に出ながらたずねた。「どんな料理を作るの？」

わたしは驚きながらも、さらりと答えた。

「それで、誰が点数をつけるの？」

自分でするしかないとわたしは答えた。タカハシさんには、誰かを呼ぶつもりはないと伝えていた。

「あたしでよければ……」

うれしさが全身をかけめぐり、すぐには言葉が出なかった。

「あなたがそれでいいなら……」

裏庭は厨房の明かりだけで薄暗かったが、それでもわたしはミコのなかにこれまで一度も見たことのないためらいを見た、というか、感じた。自分の提案が受け入れられるかどうか不安がっているような——もっと言うなら、断られてがっかりするのを覚悟しているかのような。何より、ミコも落胆を恐れるのだという事実に驚いた。

「頼むよ」わたしはようやく答えた。「でも、お手柔らかに」

「あたしの点数は辛いと思う？」

「もちろん」

ミコが近づいた。一瞬、昨夜と同じように頬に触れられるのかと思った。わたしは思わず背筋を伸ばしたが、ミコは数歩手前で立ちどまり、薄明かりのなかでわたしを見た。ミコの片頬に柔らかい光が射していた。

「その気になれば辛くなれる」

「だと思った」

「でも甘くもなれる……好きな人には」

わたしは彼女を抱きしめたくてたまらなくなり、立ちあがって近づこうとした。けれどもミコは、いつものからかうような声でこう言った——「そうしてもいいと思えたときは」

そこで彼女はくるりと背を向け、いつのまにか厨房のなかに消えていた。

五十年前にロンドンに住んでいたときを最後に日本の朝食は一度も作っていないが、もし作れと言われたらちゃんと作れる自信がある。それほどに腕のいい料理人だと自慢したいのではない、断じて。それでも、ひととおりの経験はなおものをいうはずだ。それより重要なのは、わたしがミコのために朝食を作ったときの記憶は、たとえ医者の診断が正しかったとしても、最後の最後まで消えないだろうと思えることだ。

調理そのものはさほど複雑ではない。料理人にとって難しいのはタイミングを正確にはかること——なぜならすべての料理を同時に出さなければならないから。この心がけは調理の技術よりも大事で、それは朝食でも昼食でも夕食でも同じだとタカハシさんはつねづね口にしていた。

彼はよくこう言った——朝食は俳句の一行目に似て、道を示す。昼食は二行目で、勢いをつける。そして三行目の夕食ですべてを締めくくる。

もちろん、ミコに料理を評価してもらう前にはできるだけ稽古をするつもりだったが、いまとなっては火曜ではなく木曜にすればよかったと思いはじめていた。当日までたったの二日しかなく、急にまったく準備が足りない気がしてきた。

練習をしたいので予定より早く鍵を借りられないかとタカハシさんに相談したとき、ミコのことは黙っていた。隠すつもりはなかったが、何もきかれなかったので言わなかった。

タカハシさんは机の引き出しから鍵を取り出し、「持っていてくれ」と言って手渡した。

「朝食の日に、わたしより早く着いたときに便利だ」

土曜の夜はほとんど眠れず、日曜の朝は六時前に厨房にいた。わたしはタカハシさんが出勤する九時まで、休憩なしで稽古をした。昆布と鰹節《かつおぶし》を煮立てて味噌汁《みそしる》のだしを取り、野菜を漬け、ご飯を炊き、豆腐をさいの目に切った。翌日のために、鮭二切れに塩を振って冷蔵庫に寝かせ、生のひと切れには酢を振って焼いた。言ったように、調理そのものはわりに簡単だが、日本食を食べる人は誰でも、ふたつとして同じ味噌汁はなく、ご飯は炊きかたによっておいしくもまずくもなると知っている。

朝食は八時少し過ぎにできあがった。最初はうまくできたと思ったが、やがて失敗点が次々に頭に浮かんできた――味噌汁は味がぼんやりして、鮭は焼きすぎで、ご飯は粘りけがありすぎる。野菜は漬けかたが足りない。豆腐はグズグズしている。

タカハシさんが店に来る前には、すべて片づけた。厨房を見まわしたタカハシさんは満足そうだった。わたしの調理の跡は、立ちこめる匂い以外、何もなかった。

翌朝も練習を繰り返し、五時に行きつけの魚屋に鮭を買いに行き、一時間後には厨房に戻った。この日は二回ぶんの朝食を作り、前日よりも満足できた、とくに最初の一食には。でも、もっとおいしくなるはずだ。ただ、それには何が足りないのかがわからない。

そんなことを考えていると、月曜日の昼食どきにふとひらめいた――味噌汁に貝を加えたらいい。前に一度タカハシさんがそうするのを見たことがあった。貝は値が張り、いつでも手に入るものではないが、ほんの少しあればいいし、ちょうど今朝、魚屋でアサリを見た。数軒のレストランに売れたと魚屋は言い、そのなかにはセント・ポール礼拝堂のそばに新しくできた日本料理店〈アキコ〉の名前もあった。

月曜の夜はほんの少ししか寝なかった。それでも早朝の薄闇のなか、〈ニッポン〉に向かって家を出たときはすっかり目が覚めていた。東のほうに一条《ひとすじ》の暁光が見え、黒っぽいが、雨を降らしそうにはない層雲を背に空が明るくなりはじめていた。風もなく、暖かく、この先、数日は安定した天気が続きそうだ。

静寂のなかに響く自分の足音を聞きながら電灯をつけ、服を着替え、コンロに火をつけ、包丁、骨抜き、まな板、盆、鍋、フライパンを取り出す。冷蔵庫から前日に用意しておいただしを取り出し、一晩塩を当てておいた鮭の塩かげんを確かめ、漬けて瓶に入れておいた梅干しと、一週間前、タカハシさんを手伝うかたわら梅酢に漬けておいたきざみ生姜《しょうが》を味見する。

時間はまたたくまに過ぎた。六時、七時。わたしは早朝の光が窓から射しこんで明るくなったダイニングホールに立ち、どこに座ってもらおうかと考えた。考えた末に、奥のテーブルに決めた。前にミコが、お気に入りの客に何度かその席を薦めるのを耳にしたことがあったからだ。

ミコは約束どおり七時半きっかりにやってきた。ジーンズに、これまで見たことのない赤いタートルネックのセーターを着ている。髪は小さくまとめて結いあげ、耳には小さなイヤリング。

「何か手伝うことある？」

「いや」わたしは選んだテーブル席に案内した。

「ここ？」

「そう」

「どちら側？」

「好きなほうに」

「じゃあ厨房の正面側にする、あなたが出てくるのが見えるように」

ミコは腰を下ろした。わたしは厨房に入り、最後の仕上げに取りかかった。洗っておいたアサリを煮立てて味噌を加え、鮭を焼き、あらかじめ盆の上に載せておいた四角い野菜の漬物皿の横に、湯気の立つご飯茶碗を置く。漬物皿にはほほえむ仏陀《ぶっだ》の小さな絵がついていた。鮭と味噌汁を同時に仕上げて盆に載せ、テーブルに運んでミコの前に置いた。わたしが厨房にいたあいだはじっと座っていたようだが、盆を持って出るとすぐに目をあげ、わたしが近づき、盆を置いたあとも見ていた。盆ではなく、わたしを。それから笑みを浮かべて視線を落とし、料理をしげしげと見た。

「いまお茶を」

わたしたちはそれぞれ自分のカップを持っていて、厨房の棚に置いてあった。わたしのはなんの変哲もない、リーズ・ユナイテッドのエンブレムが正面と反対側についた白いマグカップで、ミコ、タカハシさん、ヒトミ、ゴトウさんのはどれも持ち手のない、よくある日本の陶器の湯呑みだ。

ミコの湯呑みに緑茶を注ぎ、テーブルに運んだ。ミコは焼き鮭から始めて、味噌汁の貝をふたつ食べ、ちょうど梅干しを口に運んでいた。わたしは立ったまま、彼女が料理の感想を言うのを待っていた。ミコはゆっくりと食べた。

「仕事をしてないときは何をしてる？」

思いがけない質問だった。「何をしてるか？」

「そう、ここにいないとき」

「本を読んだり、音楽を聴いたり、サッカーを見たり、友人と会ったり……」

「本屋で一緒だった人たち？」

「うん、まあ」

「一緒にいて楽しい？」

「まあ、それなりに」

「大学に戻りたい？」

「いや」

ミコはわたしの目を見つめ、それから満足したように、「嘘《うそ》じゃなさそうね」そう言って、鮭をひとくちぶん箸で取りわけ、ゆっくりと噛《か》んだ。「劣等生だった？」

「いや、実はかなり優秀だった」

「へえ」

「信じない？」

「ううん、信じる。アイスランドが恋しい？」

わたしは答えに困った。ミコがそばにいれば恋しいものなど何もなかった。「いや」ようやくわたしは答えた。「きみは日本が恋しい？」

「二歳のときに離れて以来、一度も帰ってないの」

彼女の答えになじるような響きはなかったが、わたしはバカなことをきいたと思った。

「気にしないで。知らなくて当然だから」

料理についてはまだひとこともなく、わたしは不安になりはじめた。ミコは食べつづけている。また貝の身を取り出し、味噌汁の椀を口もとに運び、漬物を噛み、ご飯に醬油《しょうゆ》をかけた。

「彼女の名前は？」

わたしはどきっとした。

「この前、父さんとあたしに話した人」

「ヒルドゥル」

「アイスランドにいるの？」

「うん」

「大学生？」

「うん」

「彼女と寝た？」

なぜか恥ずかしさは消えていた。「うん」わたしは答えた。

「どうだった？」

「どうって？」

「よかった？」

わたしは口ごもりながら答えた。「うん」

「それでも真剣じゃなかった？」

「じゃなかった」

「つまり、愛してなかった？」

すぐには答えられなかった。きみに会うまでは愛がどういうものか知らなかったと、どう説明すればいいのだろう？

「そのときは愛してると思っていた」わたしは答えた。

「でも？」

「彼女のことは好きだった」

「そこには違いがあるってこと?」

わたしはうなずいた。

「ナルキのことは好きだった」

ミコはそう言って箸を置き、身じろぎもせずに座っていた。わたしも動かなかった——この沈黙を壊せば、あとから後悔しそうな気がした。

「どうしてここで働こうと思ったの?」

ごまかせないのはわかっていた。「きみと会ったから」

「店の入口で会ったとき?」

「そう」

「あなたが外に出ようとして、あたしがなかに入ろうとしてたとき?」

「うん」

「父にはあなたを雇わないでと言ったの」

「どうして?」

「そう言えば雇うと思ったから」

ミコがゆっくり立ちあがった。わたしは二歩近づいて距離を縮めた。

そして彼女に腕をまわしながら唇を探り、決して離さないというようにきつく抱きしめた。

ヨウコソ！　ヨウコソ！

着陸後、飛行機から降りると、男性二人と女性一人の空港係員が出迎え、お辞儀しながら呼びかけた。ほとんどの乗客と同じように三人ともマスクをつけている。ロンドンではマスクがなかなか見つからず、発《た》つ前に買い忘れたが、客室乗務員が救いの手を差し伸べてくれて、当面はマスクの心配をせずにすんだ。

空港の利用客は少なく、通関も時間はかからない。いたるところで温かい出迎えを受け、とくに入国審査ではアイスランドからの訪問をめずらしがられた。

日本に来るのはこれが初めてだ。航空券を予約しかけたことは何度もあったが、そのたびに思いとどまった。もちろん、ミコを探すのとは関係なく、ただの観光旅行で来ることもできたはずだ。京都や奈良の寺、東京の皇居を訪れ、新宿の夜の街を体験したり、北海道まで足を伸ばし、魚介類――とりわけウニ――で有名な函館《はこだて》や小樽《おたる》といった港町に行ったりもできただろう。高野山周辺の山々を歩き、いにしえの巡礼者が通った道をたどり、訪れたい気持ちを抑えこんで広島を避けることだってできたかもしれない。けれどもそうしなかったのは、たとえインガと一緒にいても自分を抑えきれないとわかっていたからだ。

ミコとタカハシさんがどこに住んでいるかはわからなかった。まったくもって。日本にいるのかどうかさえも。どこか別の土地に移り住んだ可能性もあった。とはいえ、まず考えられるのは広島か、そうでなければ二人がいなくなったあと、わたしが必死に探しまわったイギリスの町くらいしかなかった。

アイスランドに戻ってからも、日本に関する本や記事はもちろん、日本にまつわるものはなんでも集めつづけた。実のところ、日本と日本人についてはちょっとした権威だという評判まで立った。実際には、ふつうの人より少しばかり知っているというだけで、根拠などないに等しい。それも、わたしが自分からひけらかしたわけではなく、その話題を持ち出すのはむしろインガのほうだったことは言っておかなければならない。インガは、それが問題だとは誰も思わないような顔で話を振った。だが、彼女の本心はわかっていた。インガがわたしの日本びいきを嫌っているのは知っていた、だから、俳句集がベッド脇のテーブルから消えたとき、わたしは自分の本とビデオフィルムの大半を箱に詰めこんだ――黒沢、小津、今村昇平、新藤兼人といった有名な監督の映画で、そのなかには『原爆の子』もあった。さまざまなジャンルのドキュメンタリーも集めた。紀行映画、日本の歴史番組、料理、野鳥、仏教、陶芸。なかには字幕のない日本語だけのものもあったが、観るたびに何かしら学ぶものがあった。

本とビデオの一部は〈トルグ〉に運び、小さなオフィスの戸棚のなかにしまった。ビデオレコーダー内蔵の小型テレビも買い、ファイルキャビネットの上に置いて、回転椅子をまわせばいつでも見られるようにした。

インガが亡くなったあと、地下室から箱をひとつ運びあげ、リビングのもとあった場所に本を収めた。もちろん、すぐにではない。それでも少しずつ。最初に一冊、そしてもう一冊、たまに、もう一度見たいと思う映画のビデオを一本。それから箱をひとつ、またひとつ。ついにテラスハウスを売り払い、街の中心に引っ越したときも、何ひとつ捨ててはいないはずだ。

そのなかの一冊がいま手もとにある。『初心者のための日本語』。表現は少し古くさいものの、空港から乗ったタクシーではまだ役に立った。運転手は英語を話せなかったが、わたしの努力にすばやく反応し、〝太陽は出ていないが天気は悪くない〟という意見で一致した。白手袋をはめた運転手は愛想がよく、運賃はおそろしく高かった。でも、この贅沢《ぜいたく》を後悔してはいない。複雑な電車の時刻表も読み解けないことはなかっただろうが、長旅のあとで疲れているのに無理をする理由はなかった。

二日前にネットで予約したホテルは東京の中心にあり、ウェブサイトの写真からすると、見た目もよく、清潔そうだった。どこも同じように、ここでも旅行客は減少し、宿泊代はかなり割安だ。これはタクシー運転手も認めたところで、客足はいつもの半分だと言った。「ゴジュッパーセント」彼は片手を開いてかかげて繰り返した。「ゴジュウ」

ホテルに着くと、マスクと手術用手袋をつけたドアマンが出迎える。車のトランクからスーツケースを取り出し、消毒液をスプレーし、布で完全にふき取ってから台車に載せる。入口で体温を測ってから、ようやくフロントデスクに近づく。若い女性フロント係はパンデミック期間のホテルの安全規約が英語で印刷された二枚の紙を手渡し、客室の清掃が日に二回から一回になり、念入りに行なうので時間がかかりますと説明する。サウナは閉鎖。食堂のビュッフェは休止。「申しわけございません」そう言って頭を下げる。

「ご心配なく」わたしは応じる。

部屋に入って時間を確かめる。午後五時三十分。ミコがいる日本はいま何時かと考えるのがすっかり癖になり、いつものように時差を計算しようとしてはっとする。自分がどれだけ彼女の近くに来たか、たったいま気づいたかのように。いかにも、わたしは文字どおり跳びあがるようにしてフェイスブックを開き、日本に向かっていると知らせたメッセージに返信が来ているかどうかをチェックした。返事はない。少し不安になるが、返事がないのはいいしるしだと自分に言い聞かせる——彼女に来ないでと言われるのが心底、怖かった。そんなことを思いながらベッドに長々と横たわって目を閉じ、便りがないのはいい便りだともういちど自分に繰り返す。穏やかさと安堵感《あんどかん》に包まれ、わたしはいつのまにか眠りに落ちていた。

眠ったのはせいぜい一時間くらいと思ったが、気がつくとあたりは暗く、自分がどこにいるのかわからなかった。時刻は十時。正確には午後十時十五分。音楽が聞こえるが、外の廊下から聞こえるのか、頭のなかから聞こえるのかよくわからない。
やってみる。フォアグラ、ランプフィッシュ・キャビア、ホワイトアスパラガス……いつものおさらいをＩＤカードの番号を思い出し、頭のなかでメニューを思い浮かべる。だが、つっ
かえてばかりで、前菜はひとつおきにしか思い出せず、たとえ名前が浮かんでも本当にそうだ
ったか自信がない。なかでもあやしいのがホワイトアスパラガスだ。ランプフィッシュ・キャ
ビアはたしかにあった。自分で卸業者に掛け合い、バルドゥルがレモン汁と唐辛子でアレンジ
するところも見た。目を閉じればいまも味がよみがえる。
まあ待て。なにも壁に頭をぶつけることはない。こんなちょっとした物忘れを大げさに考え
てはいけない。まだ完全に目が覚めていないだけだ。外は街の明かりがまたたいている。こん
なにたくさんのネオンはいままで見たことがなかった。いたるところに白、赤、青、黄色。オ
レンジ色。紫。この部屋は二十階。ルームキーを見なくてもわかる。
フェイスブックを開く。ミコからの返信はない。なおよいしるしだと思いながらも、さすが
の楽観主義も少し揺らぎはじめる。けれども、まだぼんやりして疲れているから、押し寄せは
じめた疑念は考えないことにする。シャワーを浴びて外に出たら、そんなものは消えるだろう、
きっと。
その代わりソニヤからメッセージが届いていた。正確には三通で、着信時刻はどれもこの一
時間内だ。ソニヤのメールはどこか電文のようで、ぶっきらぼうな文面を見るたびに真意はど

こにあるのかと勘繰りたくなる。

最初のメールはこんなふうだ――〝彼の誕生日、忘れた？〟

二通目――〝三月二十日〟

三通目――〝東京？〟

誰の誕生日のことかはすぐにわかった。ソニヤは先週その話をし、ヴィッリがとても楽しみにしていると言っていた。

「新しい自転車がほしくておこづかいを貯めてるの」ソニヤは言った。

「そうか」

「だから少しお金をあげるのがいちばんいいと思う」

一見すると、わたしが時間と労力をかけずにすむよう気づかっているように見えるかもしれない。わたしもきっとそう思っただろう――同じような電話が毎年かかってくるという事実がなければ。伝言には必ず三つの指示が含まれている。〝ヴィッリの誕生日を忘れないで。プレゼントを買ってあげて。プレゼントはこれとかあれにして〟たしかに、言われなければ忘れることもある。もともと人の誕生日をおぼえているほうではない。日にちを書きとめたりしないから――したほうがいいのだろうが――思い出させてくれるソニヤには感謝すべきなのかもしれない。だが、はっきり言って少しもありがたくなかった。もちろん、幼いヴィッリはかわいいし、あの子から誕生日プレゼントの楽しみを奪うつもりは毛頭ない。

不愉快なのはソニャのやりかただ――あの病的なほど露骨な無心ぶりと横柄な態度。そろそろ慣れてもいいはずなのに、ソニャは人の迷惑を顧みず、こっちの都合などお構いなしに、どういうわけか毎年わたしに不意打ちを食らわせる。あのずうずうしい振る舞いをわたしがどう思っているか、面と向かって言いはしないが、曲がりなりにもソニャは相手の考えや感情に寄り添ってしかるべき、訓練を受けたソーシャルワーカーではないか。

シャワーのあとは気分がすっきりした。空腹ではないが、何か食べる場所を探しに出てみたくなった。息づく街がわたしを呼び、舗道に降り立つと同時に、またたく明かりと絶え間ない人波が手招きする。それでも頭からソニャのことが離れない。ホテルを出るときに、フロント係の若い女性と交わした会話のあとではなおさらだ。

わたしはフロントに立ち寄り、近くにいいレストランはないかとたずねた。フロント係は実に親切で、そのさい、ウェブサイトではチェックアウトが午後一時となっているが、明日は十二時までに出てもらいたいと言った。〝清掃体制が変わり、経営側の判断でチェックアウトのお客さまから一時間、チェックインのお客様から一時間をいただくことになり、現在チェックインのほうは午後三時までお待ちいただいております〟

新しいルールには当然したがってもらえるものと思っているのは明白だったが、その口調は、これはあくまでもお願いだから不満ならばしたがわなくてもいいと思わせるほど丁寧だった。

さらに、〝お客様のご理解とご協力に深く感謝し、ご退室後は二階のお得意様ラウンジでメインにスープかサラダ、デザートつきのランチを無料でお召しあがりいただけます〟——そう言って頭を下げた。その目の表情から、マスク越しにほほえんでいるのがわかった。

ソニャにこのような振る舞いは理解できないだろうし、学べるとも思えない。ソニャの態度にそこまでむきになる——あの医師の言葉を借りればイラつく——べきではないのかもしれないが、どうにも気持ちが収まらない。少なくとも気分が万全でないときは。とはいえ、わたしも長年のあいだに、ソニャのこのような性格に目をつぶり、インガが娘をかばうときは——それがどんなに奇妙な理屈であっても——黙ってうなずく術を学んだ。とりわけ変に思ったのは、インガとオッリが離婚したことでソニャはつらい子ども時代を過ごし、結果としてあの子は精神的に自立しなければならず、気が強くなったというものだ。

わたしが子どもを持つ話をしたときも、インガは何度か同じようなことを言った。ソニャがどう思うか心配だとか、新しい子どもが生まれたら状況は悪くなるだけかもしれないとか。インガの言いぶんは的外れに思えたが、反論はしなかった。そのときは結婚してまだ間がなかったが、おそらくインガはすでにおたがいのことで手いっぱいだと感じていたのだろう。少なくとも、そう思うときがある。

ソニャとメールのことはこれくらいにしよう。これまでのところ、さいわいにも何か言ってやりたい衝動を抑えている。そんなことより、思いがけず昼寝が長くなったが、これから残された東京の夜を楽しみ、明日、西へ向かう列車の旅に備えよう。フロント係に薦められた二つのレストランがある渋谷界隈《かいわい》までは、歩いてほんの十五分ほどだ。街の明かりが近づいてくる。空は明るく照らされ、規則的な命令にしたがっているかのように一定の間隔で色を変える。北の空に月が昇り、立ちどまって見ているると、昼寝から覚めてからずっと悶々《もんもん》と考えていたことをぱっと思い出した、つまり〈トルグ〉の前菜メニューのすべてを——ランプフィッシュ・キャビア、アスパラガス、フォアグラのほかにタルタルステーキ、サラダと甲殻類のスープだ。わたしは妙にほっとし、歩く速度をあげる。食べ物のことを考えていたら、急にひどくお腹がすいてきた。

月の光が窓ごしに斜めに射しこみ、ベッド脇の壁を照らし出す。縦三十センチ横二十センチほどのキリストの肖像が、何ものも彼の視界を妨げてはならないとでもいうように壁の高いところにかかっているだけで、ほかには何もない。

ミコはわたしの腕のなかで横たわっていたが、いまは上体を起こし、月の光が上腕に当たるように片手を伸ばしている。しばらくそうしてから手を引っこめた。「冷たい」

「え？」

「月の光。鳥肌が立つ」

ミコがわたしの部屋に泊まることはあまりなく、せいぜい週に一度ほどだった。そのぶん、昼間に会えるときはいつでも会った。そのころもミコは父親とハムステッドに住んでいたが、前はそのことすら知らなかった。店では、ミコもタカハシさんも自分たちのことはほとんど話さなかった。

「やってみて」ミコがもういちど片手を伸ばした。

わたしは上体を起こし、彼女の腕の、月の光が当たっている部分をつかみ、その手を陰のほうに移動させた。ミコはわたしを見て、反応を待った。

「そうかも」わたしは言った。

「目を閉じて」

言われるままに目を閉じた。ミコはわたしの人差し指を、最初は月の光が当たる場所に、そのあと当たっていない場所に動かした。「こうすればわかるはず」

「うん、こっちのほうが冷たい」

「バカ。そっちじゃないわ」

二人で横になり、わたしはあおむけになった。ミコはわたしにキスし、シーツの下で手を動かしてわたしを握った。「もしかして、ここでもない？」

大学の寮を出たあと部屋を借りた。ケンジントンにある個人宅の上階で、建物はかなり古いが、なかはきれいだ。家具つきで、家賃が手頃なのが気に入った。家主のミセス・エリスは七十歳くらいの未亡人で、一階に住み、寝室が三つとバスルームがひとつある上階を人に貸していた。隣室には百貨店〈ハロッズ〉で働く中年男性、廊下突きあたりにあるバスルームの隣の部屋には図書館勤務の女性が住んでいた。顔を合わせることはほとんどなかった。わたしが〈ニッポン〉から帰る時間は二人ともたいてい寝ていたし、わたしが起きるころにはもう仕事に出かけていたからだ。ただ、タカハシさんの手伝いで朝食を出す日だけはわたしのほうが早かった。

ミコが来るようになるまで、人が訪ねてきたことはほとんどなかった。引っ越すにあたってミセス・エリスははっきりとこう言った――物音と騒動は迷惑だが、客を呼ぶのはかまわないし、空いているときは正面の応接室を使ってもいいと。部屋のキリストの肖像でもわかるように、ミセス・エリスはとても敬虔《けいけん》で、ときおり聖書の言葉を引用したが、そこまで押しつけがましくはなかった。一階には救世主の絵がさらに何枚か飾られ、玄関には磔刑像《たっけいぞう》がかかっていた。いちどミセス・エリスに、どうしてあなたはひげを剃《そ》り、髪を切らないのかとやんわりときかれたとき、〝あの絵のキリストも髪ぼうぼうで、さほど変わらないように思えますが〟と言いそうになった。

ミコが来るときはできるだけ気づかれないようにしたが、たまにミセス・エリスに見られるのは避けようもなかった。詮索好きな人ではなく、何か言われたことは一度もなかった。とはいえ、あの静かな午後にミコが部屋にいるのを知られていると思うと少し落ち着かなかった。かたやミコのほうは、まったく気にしなかった。

「知られたらどうだっていうの？」ミコは言った。「家主さんが上までのぼってきたことがある？」

ミコが来るのはたいてい講義のあとか、わたしの休みの日だ。〈ニッポン〉の仕事がある日は、昼の勤務のあと、家まで走って帰ることもあったが、夏のあいだはそれも減った。さすがにミコも、研究室の仕事を真っ昼間に抜け出すわけにはいかなかった。ミコと過ごしたあと、店でタカハシさんと顔を合わせるときはいつも気まずかった。顔を見られただけで今まで何をしていたかを見透かされるような気がして、彼の視線を避けた。ミコの匂いに気づかれるのではないかとさえ思った。

ミコが泊まる日は、ミセス・エリスと二人の下宿人が寝静まったあとを見計らい、こっそり部屋に入った。ミコにとっては、翌朝、気づかれないように出ていくほうが――どんなに足音を忍ばせようと――難題だった。

タカハシさんには友人のエリザベスのところに泊まると言ってあった。大学に入ってから、ミコはたびたび彼女の家に泊まっていた。たいていはコンサートや読書会で夜遅くなり、家に帰るのが面倒なときだ。エリザベスはスコットランド人で、ミコによれば、とても口が堅いという。二人とも心理学を学んでいた。ミコとタカハシさんがいなくなる前に、わたしも何度か会ったことがあるが、感じのいい人だった。タカハシさんがミコとわたしの関係に気づいたのは、間違っても彼女のせいではない。


「どうしてタカハシさんにぼくたちのことを知られちゃいけないんだ？」

「どうして知る必要があるの？」

「陰でこそこそしたくない」

「それはあたしも」

「タカハシさんには気に入られていると思ってた」

「父はあなたが好きよ。ナルキのことも好きだった」

「きみはもう大人で……」

「それくらいわかってる」

「わからないのは……」

ミコはシーツの下で手をすべらせた。「何がわからない？」

わたしは目を閉じた。

「閉じないで。あたしの目を見て」

言われるままにわたしはミコの目を見た。彼女は手をリズミカルに上下に動かした。思わずまた目を閉じると、ミコは閉じないでとささやいた。ミコに自分の奥深くまで見られている気がした――くまなく、隅から隅まで、エクスタシーの源を探られるかのように。この一瞬の絶頂感だけでなく、わたしの愛のありかを探し、記憶し、すべてが生まれる場所を探られているかのように。

それからミコはいつもの小さな笑みを浮かべてわたしにまたがると、両手をわたしの胸に押しつけ、漆黒の髪に月の光を浴びながら前後に動きはじめた。

〈ニッポン〉で一緒に働いているとき、ミコがわたしにどんな態度を取るかはまったく予測できなかった。無視するかと思えば、ふざけてからかい、あるときはほめた。そんなときの声は決まって驚き交じりだった――わたしがテーブルを準備したり、ラーメンを手際よく作ったりできるのに驚いたとでも言いたげに。「わあ、まったくお手本どおりね！」

そんな振る舞いも、二人のことをまわりに気取られまいとしてやっているだけだとわかっていたから気にしなかった。わたしはと言えば、気持ちを隠すのにいつも苦労し、つい彼女を目で追っているのに気づかれ、ミコにじろりとにらまれることもあった。わざとやったのではない。そんなふうに気持ちを抑えられない自分がいつも心配の種だった。

何よりタカハシさんに秘密にしているのが苦痛だった。だがミコは頑《かたく》なで、わたしがタカハシさんのことを口にするたびにはねつけるか、悲しそうな顔をするので、言うのはやめた。ミコはなんの説明もせず、わたしも無理に聞き出さないほうがいいとわかっていた。

いっぽうでわたしは、タカハシさんに対しては極力、礼儀をつくした。できるだけ彼を喜ばせ、できるときは少しでも彼の人生を楽にしようと努めた。タカハシさんが、壺に俳句を入れるのが自分しかいなくて少しがっかりしているのが痛いほどわかり、わたしは初めて真剣に俳句に取り組みはじめた。

努力の結果をいわば公表する前に、部屋の机で何度か挑戦してみた。各行に決まった文字数を当てはめるのはわりに簡単だが、そうやって並べたものが凡庸にならないようにするのははるかに難しい。結局、タカハシさんのアドバイスにしたがい、そのときに思ったことや感じたこと、ほんの一瞬でも印象に残ったできごとを書くことにした。最初からよくばりすぎてはいけない。小さな玉をこね、読み手の心にほうり投げるような気持ちで――タカハシさんはそう言った。

海凪《な》ぎて
なお脳裡《のうり》には
波の音

木曜日の昼の勤務が始まる前に、わたしは俳句を書いた紙を折りたたんでポケットに入れた。だが、いざ壺に入れるとなると変に怖じ気づき、昼食のあとまで先延ばしした。そしてついに思い切って、誰も見ていないときにたたんだ紙を壺に入れ、ミコが待つキャンパスの隣のカフェに急いだ。

ミコはわたしが興奮ぎみなのに気づき、わたしは俳句のことを話した。

「そんなことしても何も変わらない」ミコは言った。

どういう意味？

「父はとっくにあなたのことが好きだから、いまさら気に入られようとしなくてもいいってこと」

「好きで書いたんだ」

ミコは愚かな人間をあざ笑うような笑みを浮かべた。「それはかまわないけど、そんなことでは何も変わらない」

五時半に店に戻ったとき、紙はまだ壺に入ったままだった。けれどもすぐにヒトミが気づき、まるで死んだハエでもつまむように親指と人差し指で紙をつまんで厨房に入ってきた。「タカハシさん、見て！」

タカハシさんは小さく驚き、包丁と骨抜きを脇に置くと、紙を取って広げ、読んだ。最初は目で、次に声に出して。「ふむ、ふむ」そう言いながら手にした紙をしげしげとながめ、目をあげた。「なかなかいいぞ、ヒトミさん」

「あたしじゃありません」ヒトミが言った。

「違う？」

「まさか」

「本当に？」

「タカハシさん……」

「きみでもないだろう、ゴトウさん？」

ゴトウさんはにやりと笑った。

「じゃあ誰だ？」そう言ってタカハシさんは驚いたふりをし、「きみじゃないだろうな、クリストファーさん？」

わたしはにっこり笑った。

「クリストファーさん」ヒトミが言った。「あなた、詩人なの？」

「いいえ」

「脳裡には波の音」タカハシさんはつぶやくように繰り返し、夕食の準備を続けた。「凪いだ海で。たしかにありうる。波の音が。頭のなかで」

タカハシさんが、わたしの俳句を鑑賞に値すると思ってくれたことに誇らしさを感じたのは事実だ。だからと言って、自分に才能があると思うほどバカでもなかった。とんでもない。けれども実際に、三行と十七音で遊ぶのは楽しかった。何よりもタカハシさんに近づけたような気がしてうれしかった。ほかの人が観客としてしか味わえない、二人だけの新しい言語を作り出したような気分だった。俳句を作って、というかこねくりまわしているときはタカハシさんのことを考えていた、ヒトミでも、スティーヴでも、ゴトウさんでも、ミコですらなく。タカハシさんのことだけを。わたしは自分の頭のなかを見せていた——もしかしたら彼にゆるしを乞うかのように、あるいはミコが言ったように、タカハシさんに気に入られたら考えを変えてくれるのではないかと淡い期待を抱きながら。それでも、なお暗がりのなかを手探りするようなものだった。タカハシさんの思いは謎のままで、どんな資質があればミコとの結婚を許してもらえるのかもわからなかった。

「いったいなんなんだ?」ある日の午後、二人で部屋にいるとき、わたしはこれ以上がまんできずにたずねた。「タカハシさんはきみに何を望んでる?　きみもわからないのか?」

ミコが泣きだしたのはそのときだ。彼女はわたしに背を向け、ベッドの端に座り、両手に顔をうずめた。わたしは触れることすらできなかった。

「ミコ」わたしはしぼり出すように呼びかけた。

ミコは何も言わず、黙って服を着て出ていった。

それきり、わたしは一度もたずねなかった。

わたしは渋谷の中心にある有名な交差点に立っている。色とりどりのテレビ画面と広告掲示板の下で、前後、左右、斜めとあらゆる方向に延びる歩道が賑《にぎ》やかな交差点で交わっている。絶え間ないざわめき、笑い声、大声、レストランや店から洩《も》れ聞こえる音楽、車の音。わたしは足を止め、近くの家電量販店の店員とおぼしき、黒い服の若者からチラシを受け取る。「安いですよ」彼は英語で繰り返す。しつこいが無礼ではない。

人の流れに沿って歩く。ホテルの若いフロント係から薦められた店はセンター街から離れていたから、近道をして人混みを避けることもできた。それでもわたしは何かに――この人の渦にのみこまれ、そのただなかにまぎれこみたいという思いに――引き寄せられていた。ふと頭が混乱し、立ちどまって、いまいる場所を確かめる。軽くめまいがして、どの方向に行けばいいのかわからなくなる。

まずは小さな豚カツ屋に行くことにした。地図によれば、いまいる場所から徒歩でほんの七分ほどだ。「家族経営の店です」若いフロント係は言った。「厨房が見渡せる高いカウンター席があって、調理するところが見えます。窓ぎわにテーブル席が三つか四つ。狭い路地の目立たない場所にあります。地味な店です」

正しい方角を確かめ、ふたたび歩き出すと、今度はすいすいと進む。夕方の仮眠のあとは格段に頭がすっきりし、前菜リストをさらって頭がまともに働いているかを確かめるまでもない。ソニヤにどう返信しようかと悩むのもやめた。そのうち思いつくだろう。

たしかに目立たない店だ。携帯の指示にしたがって日本語の書かれた白い張り出し屋根《オーニング》の下の入口を見つけるまで、二度も前を通りすぎた。入口は低く、わたしはそこまで長身ではないが、軽く身をかがめてなかに入る。観光客が訪れるような店ではありませんとホテルの若いフロント係が強調したとおり、なかに入って見まわすと、たしかにそのようだ。じろじろ見られはしないものの、ほかの客のなかではどう見ても目立っている。

それでも快く迎えられ、厨房に面したカウンター席に案内される。懸命な日本語のおかげか、案内の女性はわたしの数少ない語彙とつたない発音にも感心したようだ。

席に座ってメニューをながめていると、グラスに入った酒を勧められ、断れない気がした。もっとも、最近はめったに飲まない。数年前に酒を減らしたのは自分の問題ではなく、〝徹底的なオーバーホールの必要性〟を感じたインガに連帯を示してのことだ。この言葉を使ったのはインガで、わたしではない。そのころ彼女は、自分の人生をいくつかの点で真剣に見直したほうがいいと感じていて、そのひとつがアルコールだった。ヨガ教室にも通い、食事を変え、ものごとをより深く、より広く考えるようになった。インガはそんなふうに表現し、生活を一新させる人のつねで、これまでの生活習慣をときおり批判しつつも、もっと自分にやさしくなること、自分の人生に満足することに気持ちを向けた。インガが完全に酒をやめたので、わたしも付き合った。彼女が制限を緩めたあとも、わたしは控えつづけた。

二人の料理人が父と息子なのはすぐにわかった。最初はさほど似ているとは思わなかったが、よく見ると親子であるのは疑いようもなかった。体格だけでなく、しぐさや癖もそっくりだ。父親のほうは少し生真面目そうだが親しみやすく、わたしがメニューを脇に置いてシェフにまかせるそぶりをすると、すぐに了解した。

「オススメ」わたしの言葉に、彼はわかりましたというようにすばやく頭をさげる。

「もう一杯いかがですか」案内した女性が声をかける。

わたしはうなずいた。酒はまろやかで香り高く、ちょうどよく冷えていて、するりと喉を通る。息子のほうが枝豆の小鉢を差し出し、ほどなく生姜と梅干しをのせた冷ややっこが出される。

「イタダキマス」

料理はすばらしく、アルコールが全身に広がる心地よさは否定しようもなかった。心がほどよく空っぽになってゆく。さまよい出ることもなく、いま目の前にあるものに幸せを感じさせ、この瞬間を楽しませてくれる。それでもミコから返事が届いていないかと携帯を取り出してみる。返事はないが、ソニヤのメールに目が留まる。

〝彼の誕生日、忘れた?〟

〝三月二十日〟

〝東京?〟

少しからかってやるか。もちろん冗談で、ソニヤの反応を確かめるためだけに。

〝そうだ〟——わたしはひとことだけ書いて送った。

九時間の時差があるから、いまごろソニヤは働いているはずだ。ところがすぐに返信があり、定型文よりも予想どおりの文面ににやりとする。

〝誕生日? それとも東京?〟

いつにもましてまともな文を書く時間がないらしい。これを読み解くと——〝そうだというのは、ヴィッリの誕生日を忘れたこと? それとも東京にいること?〟となる。ソニヤが苛立っている様子が目に浮かぶ。わたしの答えが気に入らず、わたしのことをよくてうっかり者かはっきりしない人、悪ければ無関心とか、わかりが遅いとまで思っているに違いない。

返信する前によく考えよう。それに、料理を出されているときに携帯をいじるのは失礼だ。わたしは携帯をポケットに戻し、おいしそうな料理に目を向ける。

だが、このさい言っておくと、誕生日や誕生日プレゼント、誕生日パーティに向けるソニヤの執着は実に奇妙だ。まったくもって理解できない。前にも言ったように、わたしは誕生日というものに——とりわけ自分の誕生日には——興味がないし、できれば無視したい。執着とは言っても、ソニヤはわたしの誕生日にはなんの関心もない。彼女にとって大事なのは自分とアクセルとヴィッリのそれだけだ。それも大事な節目の誕生日だけでなく、いつの誕生日でも。

# 早川書房の新刊案内 2024 12

〒101-0046 東京都千代田区神田多町2-2 電話03-3252-3111

https://www.hayakawa-online.co.jp ● 表示の価格は税込価格です。

(eb)と表記のある作品は電子書籍版も発売。Kindle/楽天 kobo/Reader™ Store ほかにて配信

＊発売日は地域によって変わる場合があります。 ＊価格は変更になる場合があります。

デビュー作にして

2022年

本屋大賞受賞〈いちばん売れた小説〉

50万部突破のベストセラーが文庫化＆コミックス化！

文庫版

本屋大賞受賞作が、ついに文庫化！

## 同志少女よ、敵を撃て

**逢坂冬馬**（あいさか・とうま）

激化する独ソ戦のさなか、赤軍の女性狙撃兵セラフィマが目にした真の敵とは―― デビュー作で本屋大賞受賞のベストセラーを文庫化。

ハヤカワ文庫JA1585 定価1210円 ［11日発売］ (eb12月)

コミック版

刊行前より話題沸騰！ 朝日新聞、日経新聞、コミックナタリー、KAI-YOU等にて紹介！

## 同志少女よ、敵を撃て 1

**鎌谷悠希**（漫画）／**逢坂冬馬**（原作）／**速水螺旋人**（監修）

ドイツ軍に母を惨殺され、復讐のため赤軍の狙撃兵になることを決意したセラフィマ。彼女が狙撃訓練学校で出会ったのは、同じ境遇の少女たちだった。セラフィマと教官イリーナの葛藤と熱い想いを『少年ノート』『しまなみ誰そ彼』の鎌谷悠希氏がコミカライズ！

ハヤコミ（ハヤカワ・コミックス） B6判並製 定価880円 ［11日発売］ (eb12月)

# ハヤカワ新書

ハヤカワ新書

日本人はなぜチョコレートに陶酔するのか？
そしてチョコレートを取り巻く「甘くない」現実とは

## チョコレートと日本人

eb12月

市川歩美　　新書判　定価1276円［18日発売］

デパートによる特設販売、メディアでの報道、SNSを使った広告……日本ではバレンタインデーに異常な盛り上がりを見せるが、それはなぜか。またカカオが抱える世界的な問題と、その打開策であるクラフトチョコレートとは。チョコレートをめぐる歴史と未来を語る。

---

慶應高校野球部を甲子園優勝に導いた名監督と
「走る哲学者」が徹底議論！

## スポーツは人生に必要ですか

eb12月

森林貴彦・為末 大　　新書判　定価1210円［18日発売］

「勝敗は一瞬のことですが、我々は一生のことを見据えていかねばなりません」（森林）。「何を正しいとするかを自分で決めるということ。そこまでスポーツ教育で培うことができれば、本当に大きな価値があると思います」（為末）。深い思考がほとばしる名対談。

---

私たちはどこに住むべきか？
歪みゆく不動産市況に対する処方箋

## 家が買えない
### ――高額化する住まい 商品化する暮らし

eb12月

牧野知弘　　新書判　定価1254円［18日発売］

空き家問題が深刻化する一方で、なぜ令和バブルとも囁かれる不動産価格の高騰は起こっているのか。住宅の金融資産化、都心居住への偏重、ビジネス論理による高層マンション乱立……庶民から離れた狂奔に警鐘を鳴らし、これからの街と住まいの在り方を伝える。

いまここに座り、ソニヤの〝誕生日狂〟を笑えるのは気分がいいからだ。だが、いつも笑えたわけではない。それについては理由を説明しておいたほうがいいだろう。

ソニヤが前もってプレゼントを要求するだけなら、わたしもここまで不満を抱きはしなかったかもしれない。なにも誕生日プレゼントを買いたくないわけではないし、いつもわたしに思い出させ、面倒な買い物の手間を省いてくれることに感謝すらしたかもしれない。だがソニヤは、プレゼントをあれこれねだるだけでは満足せず、長年のあいだにどういうわけか誕生会の経費はすべてわたしが持つのが当然だと思うようになった。

アクセルが登場して、ようやくわたしはこのことを完全に理解した。彼とはそれまで二、三度会っていたが、すでにそのころは付き合いはじめて数ヵ月がたっていたようだ。ソニヤはランチタイムの直前に〈トルグ〉に電話をかけてきた。忙しい時間だったが、わたしは電話に出た。よほど緊急でないかぎりソニヤが仕事場に電話をかけることはあまりなかったからだ。たとえば母親が階段から落ちたときとか。だが、その声から深刻な話ではないとわかった。

「ハイ、パパ」

「やあ、ソニヤ」

「実はアクセルの誕生日なの」

「昨夜、廊下に靴を忘れていった男か？　あやうく首の骨を折るところだった。スキー板みたいな靴で」

ソニヤはとりあえず笑った。「今日が彼の誕生日でね」

わたしは次の言葉を待った。

「すてきなディナーをごちそうしたくて。たったの六人だから」

「なんだと？」

「驚かせたいの。本人は映画か何かに行くだけと思ってる」

そのときソニヤは二十二歳。もう子どもではない。大学生で、よく人類の未来を案じていた。

「アクセルの誕生日？」わたしはきき返した。

「そう、今日がね。モーツァルトもルイス・キャロルも今日なの。ピンク・フロイドのドラマー、ニック・メイソンも。アクセルはピンク・フロイドの大ファンなのに、ニックと同じ誕生日だって知らなかったのよ」

そのときなんと答えたか記憶にない。おぼえているのは十二番テーブルが空いているかときかれたことだけだ。ソニヤはふた夏〈トルグ〉で働いたから、テーブルの並びをよく知っていた。

彼らは八時にやってきた。赤と白のワインを一本ずつ頼み、それがワインリストでいちばん高いものではないが、いちばん安いものでもなかったこと。全員が前菜、メイン、デザートを注文したこと。ソニヤがまるでホストのように振る舞っていたのをおぼえている。

そして、それについてはあれこれ言わず、それから毎年ソニヤの言いなりになってきたことも。

いよいよ黙っていられなくなったとき、ソニヤがあんなにも驚いたのはわたしのせいかもしれない。それは、それから何年もたった、彼女の三十一回か三十二回目の誕生日だった。予想どおりソニヤは当然のように誕生会の話を始めたが、わたしは相づちも打たず、ソニヤがアクセルと六人の客を連れて来ると言ったとき、こう返した——「もういいかげんにしたらどうだ？」

もちろんソニヤはショックを受け、わたしは言葉を慎重に選びつつも、これまでの強引で横柄な振る舞いの例を——そんな言葉をそのまま使ったわけではないが——これでもかとあげたはずだ。ソニヤはむっとし、〝やっと正直に言ってもらって感謝するべきかもしれない、パパがあたしのことを本当はどう思っているかを知るのにいい機会だった〟とか、そのようなことを言った。

「やっとわかった」そう言ってソニヤは電話を切った。

今夜はあのときの会話を思い返しても、腹が立った記憶はよみがえらず、あんなことを言わなければよかったと何度も自分を責めたくもならない。被害者の役を与えられたのが自分ではなくソニヤだったという事実も笑ってすませられる。わたしは二杯目の酒を受け取り、息子のほうがカウンターごしに香ばしい豚カツを目の前にすっと出すのを見て、箸を取る。

店の人たちの前で二人の関係を隠すのに慣れすぎて、ほかの人たちのなかにいるときもなかなか違うようには振る舞えなかった。ミコのことは友人の誰にも話さなかったし、ミコも友人のエリザベスにしか話していなかった。知っている人に見られるはずがないときでも触れ合うのは避けた。たとえばカフェや画廊にいるとき、川沿いや公園を歩いているとき、ひとけのないベンチに座っているとき、混み合うパブの人混みにまぎれているときも。映画館で照明が暗くなってからも手を握ることはほとんどなく、いちばん目立たない最後列に座った。そうしようと話し合ったわけではない。ただ、いつのまにかわたしたちは暗黙のうちに、法の手から逃げる犯罪者のように振る舞っていた。

人目を避けることに、ミコはわたしほど抵抗はなかった。それでもわたしは、ミコが離れてしまうのではないか、わたしを避け、この短い関係を終わらせたくなるのではないかと怖くて言い出せなかった。その代わり、こう自分に言い聞かせた――これほど幸せだったときは一度もない、こんなに幸せなことが起こるとは夢にも思わなかった、だからそれだけで充分だと。

けれどもやっぱりミコといるときは自然にしていたかった。散歩のときは腕をまわし、どんなに愛しているかを伝え、おでこに軽く触れるだけでもいいからキスをし、手をそっと撫でたかった。だが、どこへ行ってもタカハシさんの影がつきまとい、彼から解放されるのはケンジントンの部屋の、鍵をかけたドアの向こうにいるときだけのような気がした。

この窮屈さから逃げるには街を離れるしかないという考えがたびたび頭をよぎった。できれば自分たちのことを知る人が誰もいない場所、これまで一度も行ったことがなく、二度と行かないようなどこか。いつかそんな場所に引っ越して――わたしは思った――二人で暮らせないだろうか。

〈バース・フェスティヴァル・オブ・ブルース〉の話をしたのはミコだった。エリザベスが行くから、留守のあいだ部屋を使っていいと言ってくれたという。その音楽祭のことは知らなかったが、少し調べてから、〝ぼくたちも一緒に行こう〟とミコに提案した。タイミングとしては申しぶんなかった。タカハシさんがずっと先延ばしにしていた店の改装と修理のあれこれ――とりわけ客用トイレ――をいよいよすることになり、数日間〈ニッポン〉を閉める予定になっていたからだ。

金曜日の朝、わたしはミコより先に出発した。ミコとエリザベスは午後に着く予定だ。町の古い界隈にあるB&B――朝食付き民宿――を予約し、駅からまっすぐに向かった。客室が五つある美しい家で、オーナー夫妻はとても感じがよかった。通された部屋は庭に面し、芝生の真ん中にある高木が朝の影を建物に投げかけていた。部屋に落ち着いたあと、靴下を脱いで芝生に出た。足の裏に芝を感じながら暖かい陽射しのなかに立ち、鳥の歌声と、家主に挨拶する自分の声を聞いた――「今日の午後、恋人が列車で来るんです」

その言葉がもたらす解放感にわたしは息をのんだ。ごく自然に口をついて出た——ふだんからそんなセリフを口にし、隠すことなど何もないかのように。

オーナー夫妻はにっこり笑った。それほどわたしの声は期待に満ちあふれ、喜びが庭に射しこむ陽光のように輝いていた。

ミコとエリザベスは午後五時少し前に到着した。列車から降りる二人を出迎え、ミコとわたしはごく自然にホームで抱き合った。通りに出たところで、バースに住む友人に会いに行くエリザベスと別れた。

夜は食事に出かけた。外は暖かく、歩道に置かれた席に座った。それから手をつないで街を見てまわり、下調べをしていたミコが案内役を務めた。教会や橋、古い町並みや塔、古代ローマの公衆浴場跡、庭や広場を見て楽しんだが、ミコと一緒にいることにくらべれば、すべてが色あせて見えた。

その夜ミコはわたしの腕のなかで眠りに落ちた。わたしは目覚めたまま横になり、彼女の息づかいを聞いていた。朝になると、窓に投げかけられる木の影をしばらく見つめてから、ようやくミコをつついて起こした。

庭でブランチをとった。太陽は今日も輝いている。音楽祭に行く時間が来ると、出発を遅らせたくなった。音楽祭は正午から夜まで続く予定で、会場はレクリエーション・グラウンド——エイヴォン川からほど近い、町の中心にある大きな屋外広場だ。わたしたちは時間どおりに会場に向かった、おそらくは少しばかりの義務感と、群衆のなかで自由に振る舞える期待に興奮しながら。

フェスティヴァルには名だたるバンドがずらりと出演した。記憶にあるだけでも、たとえばフリートウッド・マック、ジョン・メイオール&ザ・ブルースブレイカーズ、チキン・シャック、レッド・ツェッペリン。チキン・シャックというバンドはそのときまで一度も聞いたことがなく、その後もあまり聞かなかったけれど、その名前は強く印象に残った。

好天に恵まれたが、午後には街の上空に雲が集まり、にわか雨になった。ミコの髪は濡《ぬ》れ、乾くにつれて淡い青色に光った。

夜が近づき、わたしは街まで歩いてパンとチーズ、冷製肉と果物を買いに出かけた。ステージから少し離れた木立近くの草地に敷物を広げ、わたしが買い物に行っているあいだミコはそこで待っていた。まわりには陽気な若者たちが行き交い、誰かがわたしたちのことをジョンとヨーコと呼んだ。あまりにも無邪気で感じのいい口調だったので、わたしたちは笑い声で応じた。買い物から戻ると、ミコが立ちあがって抱きつき、袋のなかを見て、「あら、すてきね!」と言ったのをおぼえている。まるでわたしがふだんからこんなことをやっていて、またやるとでもいうように。いつでもちょっと店まで出かけ、何か食べるものを買ってくるかのように。

その夜、わたしたちは愛を交わした。それはいままでとは違った。二人のあいだの壁が崩れ落ちたというより、ごく薄い幕がバラバラに切り裂かれたような感覚だった。二人はひとつになった。二人をへだてるものは何もなかった。わたしはミコのなかに、ミコはわたしのなかに消えた。

そのあとミコは母親の話をした。わたしがきいたのではない。彼女を苦しめかねないようなことは二度とたずねまいと決めていた。暗がりのなか二人で黙って横たわり、ミコはわたしの髪を手ですいていた。やがて会話の続きを再開するかのように、小さな、でも迷いのない声で言った。「両親は呉《くれ》に住んでいた。でも、母はその日、広島の両親に会いに行っていた。広島は呉から一時間ほどの場所。妊娠六ヵ月だった。母は二十三、父は十歳年上だった。先生をしてたの。知らなかったでしょ？」

「知らなかった」

「小学校の先生。でもそのときは夏休みだった。原爆が落ちたとき、父はほかの先生たちと学校の屋根を修理していた。何が起こったのか誰にもわからず、ガス爆発が起こったと思った人もいた。その日の遅く、父は広島に向かう群衆に合流した。途中、道路脇にひとつなぎの馬が立っていた。いつもと変わらないように見えたけれど、お腹が地面を引きずるほどぱんぱんにふくらんでいた。

父がどうやって祖父母の家を見つけたのかはわからない。本人も記憶がないって。おぼえているのは焼け焦げた大地と、まぶしい空と、黒い雨だけ。そして死体であふれた川。

母はひどい火傷《やけど》を負っていた。父は街を取りまく高台に運んで手当てをした。医者はどこにもいなかった。ほかの人たちと同じように亡くなっていた。生き残った人たちは家族や親類を探していた。父が母を見つけたとき、母は祖母の腕をつかんでいた。

母は予定よりひと月早く出産した。その一年後に亡くなった」

そこでふっと黙りこんだ。続きはないとわかった。ミコはすべてを話したのだと思った。おそらく彼女が知っていることのすべてを。だが、ミコは言葉を継いだ、さっきよりもさらに小さい声で――「それでもあたしはヒバクシャなの」

それからすぐにミコは眠りに落ちた。だがわたしは、図書館で感じたのと同じ怒りで――怒りと無力さで――胸がいっぱいで眠れなかった。わたしは彼女を起こさないようにしながら、きつく抱き寄せた。

朝目覚めると、ミコはほほえんでわたしにキスした。ベッドから出て、庭に通じるドアを開けて伸びをし、新しい一日を抱きしめ、太陽について何か言った。数時間前の告白などなかったかのように。

列車は西に向かってひた走る。時刻は午後三時。わたしは窓ぎわの席に座り、ビルや山々、橋や川、クレーンや倉庫が過ぎ去るのを見ている。また別の街、郊外、さらにたくさんのクレーン。わたしは新幹線に乗っている。ものすごいスピードで、目的地までわずか四時間――チェックアウトの前にホテルで手に入れたパンフレットには二百三十三分と書いてあった。距離にして八百九十二・二キロ。日本の鉄道職員は時間に正確で、列車は定刻どおりに出発した。目的地には前後一分の誤差もなく着くだろう。となると十八時〇四分だ。

ミコからはいまもって返信がなく、なおも心配いらないと自分に言い聞かせる。昨晩、飲み過ぎて少し頭が重いが、自業自得だ。飲み慣れていないのだから、日本酒はほどほどにしておくべきだった。けれども、言うなれば〝手綱《たづな》を緩めた〟のは久しぶりだったし、あの無謀な時間を後悔してはいない。度を越したというにはほど遠い。ただ、少しばかりはめをはずし、自分の歌声まで再発見したのは事実だ。自分で言うのもなんだが、その昔、わたしの声は悪くなかった。当時は聖歌隊の一員で、インガと会ったのもそこだったが、それはまた別の話だ。

昨夜のできごとが、大阪から来たクタラギさんのせいだと言うつもりはないが、もし彼が現れなかったら、もっとずっと早くホテルに戻っていたはずだ。クタラギさんが現れたのは、わたしが料理を半分ほど食べたころで、彼は感染防止のルールにしたがい、腕一本ぶん離れた隣の席に座ってマスクをはずした。わたしと同じくらいの年齢で、グレーのスーツに、首のボタンをはずした白シャツを品《ひん》よく着こなしていた。すぐに話好きだとわかり、店のスタッフとも親しげだった。あとで聞くと、彼は店の常連で、息子家族を訪ねによく東京へ来るという。定年退職し、妻とは死別。やがて彼はわたしのほうを向き、流暢《りゅうちょう》な英語で自己紹介した。どうやら英語を話すのが好きで、会話力を維持したいようだ。

話しはじめてほどなく、クタラギさんが一九六〇年代の終わりから七〇年代の初めに大手商事会社のロンドン支社で働いていたと知った。というか、日本の慣習どおり、彼は入社から定年まで同じ会社で働いた。一サラリーマンから徐々に昇進し、海外勤務を任ぜられ、最初は小さな部署の課長、次に大きな部署の部長から本部長になり、最後は支社長まで務めた。ロンドンに来て最初に担当したのは、日本に寄港して給油するヨーロッパの海運会社に燃料油を販売する仕事だった。その後は鉄鋼輸出部門に移った。彼は仕事内容を事細かに説明した。彼の会社がイギリスの変圧器製造会社に鉄鋼を何トン販売したかとか、彼がそのポストについて二年後に輸出量が六千だか七千だか――どちらだったかおぼえていないが――に達したのがうれしかったとか。「一九七一年」彼は言った。「わたしが部長のときに。市場シェア四十パーセントを達成しました」

このエピソードは思ったほど退屈ではなく、クタラギさんはそのくらいで切り上げた。どう見ても少しばかり過去に生きているタイプのようで、ロンドン、パリ、アムステルダムで過ごした日々を懐かしそうに語った。その後はアメリカ勤務になり、そこで十年働いたという。わたしがちょうどそのころロンドンにいたと話すと、彼はいたく興奮し、会話は自然とロンドン赴任中の話になった。

なぜかわたしは、学生時代にロンドンにいたと話しただけで、〈ニッポン〉で働いたことも、のちにレストランを経営したことも黙っていた。わたしが学問を軽んじたのは事実であり、彼がいみじくも〝一流で名高い〟と形容した大学をやめたことにも触れなかった。ただ、大学の専攻をきかれたときは正直に答え、少しばかり経済学の話をした。彼の息子が大学で学んだ分野だったからだ。

「息子はそれなりによくやっている」クタラギさんは言った。「大手電機メーカーの社内広報専務補佐で、社員の信頼を得るのを楽しんでいます」

わたしは自分のことや、ロンドンにいたころの話に触れられたくなくて、彼の息子についてさらにたずねた。

クタラギさんは食通で、とくに酒が好きだった。それどころか日本酒に関してはかなり詳しく、彼が言うところの〝一般的な誤解〟をしきりに正そうとした。別に異を唱えるようなことを言ったわけではないが、彼はわたしに熱心に知識をさずけ、誤解を正すいちばんいい方法は――彼の弁によれば――さまざまな酒を味見し、その違いを論じることらしい。彼が述べた細かい内容を全部は思い出せないけれど、〝夜と昼〟とか、そういった表現で何を言いたいかはよくわかった。少し刺激のある酒、甘い酒、喉ごしがよくて、わたしがいつのまにか飲みほしたような酒。彼は何度も厨房の父子《おやこ》に意見を求め、二人はクタラギさんの意見が少しも大げさではないというように心からうなずき、カウンター客がわたしたちだけになると一緒にグラスをあげさえした。

夜がふけるにつれて、わたしがほろ酔いになり、舌がなめらかになっても不思議はなかった。それで、クタラギさんに日本に来た理由――これから広島へ行くことはすでに話していたので、正確には広島に行く理由――をきかれたとき、わたしは正直に答えた。

「知り合いの女性に会いに」

「日本人？」

「ええ」さらに言い添えた。「ロンドンにいるときに会った人です」

「ロンドンで？」

「ええ」

「彼女もＬＳＥの学生だった？」

「いいえ。レストランで働いていました」

彼は問いかけるようにわたしを見た。

「ええ。〈ニッポン〉で」

「〈ニッポン〉？　本当か？」

胸の鼓動が速くもならず、そこで食べたことがありますかとさりげなくきけたのは、おそらく酒のおかげだろう。

「わたしがロンドンに赴任した六九年のクリスマスの直前には、すでに閉まっていた」彼は言った。「でも、話にはよく聞いた。店がなくなってさみしいとノブカズさんが言っていたのをおぼえている」

話はそれだけだった。なんと世界は狭い――クタラギさんは、たんなる偶然に意味を見出したがる人がよく口にする言葉を何度も繰り返し、わたしも反論しなかった。

席を立って勘定を払うころには二人ともすっかり酔っていた。クタラギさんは二人で味見した酒代を持つと言い張り、わたしがどんなに払うと言っても聞く耳を持たなかった。そのせいで、店を出たときは借りを作ったような気になり、彼の行きつけの昔ふうの居酒屋で寝酒をやらないかという誘いを断りきれなかった。それはテーブルが二つか三つしかない、ひとけのない狭い路地の奥にある小さなパブだった。クタラギさんは中年の男性店主から温かく出迎えられ、すぐにハチミツとシーダーウッドの香りのする日本ウイスキーのショットが出てきた。ウイスキーをちびちび飲みながら、クタラギさんは前の店では話したりなかったとでもいうように息子の話を続けた。ようするに彼は息子のことが少し心配で、それを聞いてほしかったようだ。アドバイスまで求められたが、悲しいかな、国際ビジネスの経験のないわたしは何も言ってやれなかった。

クタラギさんの心配は、息子に野心がなさすぎることだった。もう少し出世してもいいはずだし、今の部署を離れ、もっと上を目指すべきだというのが彼の意見だった。息子には、状況が厳しくなればいつ首になるかもしれないし、できればもっと景気のいい部署に異動したほうがいいと勧めてみたと、彼は言った。息子はいちおう聞いてはいたが、〝父さんは過去の人間で、いまは時代が違う〟とでも言いたげな笑みを浮かべ、父親の助言には耳を貸さなかった。「もうじき四十になろうというのに、まだ子どもじみたことを言っている」クタラギさんは言った。「従業員と情報を共有し、意欲を高め、本音で話すことがいかに大事か、とかなんとか」そこでため息をつき、「時代が悪くなれば、ああ、たしかに従業員は息子に情報をくれるでしょうよ――〝あなたの仕事はもう必要ありません〟とね。本音が聞けるとしたら、せいぜいそれくらいだ」

クタラギさんが経験から話していたのは間違いないが、管理するほうとされるほうの、どちらの立場から話していたのかはわからなかった。たずねもせずにいると、彼はソニヤに話を向けた。

「あなたの娘さんはどう？　野心家か？」

「そうかもしれない」わたしはそう言って、ほほえんだ。

「それはいい」とクタラギさん。

「どうでしょう」

「おや？」

そこでわたしはメールのこと、誕生日パーティのこと、ソニヤのねだり癖のことを話した。軽い調子で言ったつもりだが、彼は少し思案げな顔で言った。

「それで、なんと返信する？」

「というと？」

「東京にいるのか、それとも息子の誕生日を忘れたのかというメールに。まだ返事をしてないんだろう？」

「まあそのうち」と答えると、クタラギさんが意外そうな顔をしたので、わたしは言葉を継いだ。「東京にいると答えるのはなんの問題もないが、孫息子の誕生日を完全に忘れていたとは思われたくない」

クタラギさんはわたしの背をポンと叩《たた》いた。「気持ちはわかる。マサヒコに、父さんはいまどき誰も相手にしない過去の亡霊とずっと闘っているとそれとなく言われるが、わたしには少しも面白くない。まったく笑えない」

たがいの打ち明け話にしみじみと感じ入りながら、わたしたちは黙ってウイスキーをすすった。そこでクタラギさんはふと背筋を伸ばし、もう一度わたしの背中を軽く叩いて、陽気な声で言った。「元気を出したいときは歌うのがいちばんだ」

立ちあがって店の主人に声をかけると、主人は小さくうなずいてカウンター奥のドアを開け、小部屋の明かりをつけた。なかには椅子が四つあり、窓ぎわのテーブルの上に古いテレビが載っていた。店主がドアを閉めて出ていくと、クタラギさんはテレビのほうを向いて言った。

「カラオケ。最新機じゃないが、貸し切りだ。《スキヤキ》をおぼえてるか？」

最後に聴いたのはもう何年も前だが、すぐに思い出した。六〇年代の初めにヒットし、日本の歌で初めて欧米チャート第一位になった曲だ。

クタラギさんは上着を脱いで脇に放ると、マイクを取って画面の前の椅子に座った。出だしから、憧れと後悔の念を掻《か》き立てるような歌いぶりだった。わたしは画面に日本語と英語で現れる歌詞を追った――〝上を向いて歩こう、涙がこぼれないように、思い出す春の日、ひとりぽっちの夜〟

クタラギさんは何度も歌ったことがあるらしく、画面は見ずに、立ちあがって目を閉じ、首を左右に振りながら歌った。まるで風に揺れる木を見ているようだ。

〝上を向いて歩こう、にじんだ星を数えて……。幸せは雲の上に……〟

音楽がしだいに小さくなると彼は腰を下ろし、しばらくのあいだわたしたちは身じろぎもせず、静けさと頭のなかで響く歌に耳を澄ました。それから彼は二度、咳払《せきばら》いした。

「《スキヤキ》。坂本九」そう言って、わたしにマイクを渡した。「さあ、あなたは何を？」

歌うつもりはなかったが、マイクを受け取り、画面の曲目リストを見つめた。

「《イエスタデイ》」最初はおずおずと、それから迷いのない口調でわたしは言った。「うん、《イエスタデイ》を」

もう長いこと人前で歌ったことはなく、最初は小部屋に響く声が誰の声かわからなかった。別の誰か――もっと年上で、もっと疲れた人間――が昨日《イエスタデイ》のことを歌うのを聴いている気がした。

半分も歌わないうちに涙があふれてきた。ぬぐおうとしたが、涙は止めようもなく、流れるままにした。涙は声には影響せず、クタラギさんの反応からすると、まあまあの出来だったようだ。彼は立ちあがって頭をさげ、またもや咳払いすると、ラジオのアナウンサーのような口調で言った。「《イエスタデイ》。ザ・ビートルズ」

歌ったのはそれだけで、それからすぐにわたしたちは店を出、別れる前に通りで抱き合った。ウイルスのことも感染症のことも忘れ、ただ、いてほしいときに友を見つけたことに感謝し、瞳をうるませ、たがいに過去の亡霊を引きずりながら。

日曜の午後遅く、ミコとわたしは帰りの列車に乗りこんだ。列車は音楽祭に参加した似たような若者たちで混み合い、頭のなかでまだ音楽が鳴っている者もいて、後ろのカップルは乗っているあいだじゅうギターを弾いていた。ミコとわたしは昼間を街で過ごした。通りや庭園をぶらぶら歩き、川沿いのベンチでランチを食べ、日の当たる草地に寝ころんだ。ミコは母親についてそれきり何も話さず、わたしもきかないほうがいいとわかっていた。けれどもヒバクシャという言葉は頭から離れず、忘れないようこっそり書き留めた。

列車がパディントン駅に止まる前からミコの変化には気づいていた。わたしから手を引き抜き、バッグがわりの麻のポーチに突っこんで何か探すふりをし、席を立つまで自分の膝に置いていた。腕をまわすとか、バースで過ごした週末のような振る舞いはとてもできる雰囲気ではなかった。さよならのキスすらしなかった。

〈ニッポン〉の改装は火曜日に終わった。わたしは月曜日に手伝いに出かけ、トイレの壁を塗り、大工と配管工に手を貸し、作業の後片づけをした。図書館にも出かけてヒバクシャという言葉を調べ、それに関する記事を見つかるだけ読んだ。資料は思ったよりも少なかった。

それは、広島と長崎に落とされた原爆で生き残った人たちを指す言葉だった。記事のなかに一組の男女のインタビューが掲載されていた。二人とも広島の原爆でひどい火傷と放射線中毒を負いながらも生き延びた。女性の傷だらけの背中、男性のねじれた脚の写真が載っていた。好奇心を煽《あお》るような記事ではなかったが、写真を見るのも説明書きを読むのもつらかった。どの写真でも顔は隠され、名前も書かれていなかった。なんの説明もない。のちにわたしはその理由を知った。

ミコに会ったのは木曜の午後だった。わたしの部屋で会う約束で、昼の勤務が終わると走って家に帰った。ミコはまだ来ておらず、いつも待ち合わせる通りの角で待った。ほどなくミコが現れ、わたしたちは二階の部屋へ急いだ。

カーテンを引いて服を脱ぎ、ベッドにもぐりこんだ。わたしの頭のなかはバースで過ごした夜のことでいっぱいで、あの時間をもういちど取り戻したくてたまらなかった――本当は記憶のなかにそっとしまっておくべきだったのに。そうとわかっていたのに、わたしは自分を抑えきれず、あの夜、庭に通じるドアを開け放ち、半月の光が射しこむなか、からみ合いながら口にした言葉のいくつかを繰り返しさえした。けれどもミコは無言で、調子を合わせはせず、黙ってと言うようにわたしの唇に指を置き、またがった。

ミコは主導権を握りたそうだった。わたしは少しもかまわず、喜んでしたがった。でも彼女はなかなか達そうとせず、わたしは自分をコントロールできなくなり、思わず待ってくれと頼んだ。わざとやっているとしか思えなかった。なぜならミコはまたがったまま動きを止めてわたしをじらし、責めたててから、またゆっくりと動きだしたからだ。「がまんできない？」

わたしに恥をかかせようとしたのではない。ミコは決してそんなことはしなかった。むしろ、じらされてわたしはますます興奮し、またもややめてくれと懇願した。するとミコはほほえみ、身を乗り出してキスすると、目を開けてと言い、口もとにかすかな笑みをたたえたまま、黙ってわたしの目をのぞきこんだ。

どちらも仕事――わたしは店、ミコは研究室――に戻らなければならなかったとはいえ、彼女はやけにそそくさと服を着、わたしが服を着るのをドアのそばでじれったそうに待っていた。わたしは図書館で読んだことをミコに話すつもりだった。だから彼女がドアのノブをつかんだとき、ちょっと待ってと言った。

「何？」

〝いいい、それでもと言ったのはどういう意味？〟――そうたずねようと思っていた。

〝いいい、それでもってなんのこと？〟――想像のなかのミコがきき返す。

〝この前言っただろう、いいい、それでもあたしはヒバクシャって……〟

このやりとりを頭のなかで何度も思い浮かべ、こうたずねるのがいちばんいいと思っていた。

だが、ドアの横で早く行きたそうにそわそわとノブを握るミコを見たら、心がくじけた。

「なんでもない」わたしは鍵をつかみ、ミコのあとから階段を下りて通りに出た。

あとから思えば、あのときミコはわたしの心を読み、わたしが彼女の母親のことで何かききたがっているのを見透かし、だから理髪店の外の角で会ったときからあんなふうに振る舞ったに違いない。部屋にいるあいだ主導権を握りたがったのも、頭のなかも心のなかも決して見せようとしなかったのもそのせいだ。あんなにあわてて帰りたがったのも。

部屋でミコと過ごしたあとで〈ニッポン〉に戻るときは、しばしば自責の念にかられたが、そのときほど強く感じたことはなかった。わたしはタカハシさんの目をほとんど見ることができず、うつむいていた。かたやタカハシさんは上機嫌で、改装に満足し、店を再開できることもうれしそうだった。だからなおさらそばにいるのが心苦しかった。

「どうかした？」ヒトミがささやいた。

わたしはびくっとした。

「壺に紙が入ってるの、気づかなかった？」

気づかなかった。壺はおろか、まわりのことは何ひとつ目に入っていなかった。それでもわたしはカウンターに近づき、紙を取り出した。

新しき
蛇口の水の
せせらぎて

タカハシさんは明らかにわたしが壺をのぞきこむのを待っていたようで、いまは視界の隅でわたしが読むのを見ている。わたしはかろうじて笑みを作り、彼を喜ばせるためだけになんとか感想を述べた。タカハシさんは気にするふうもなく、ヒトミが俳句を詠んだことについて冗談を飛ばし、強敵が現れたぞと言った。

「熾烈《しれつ》な勝負だ」彼は言った。「どう返す、クリストファーさん？　きみの番だ」

誰にも披露できなかったあの句が頭のなかにふっと湧いてきたのはそのときだ。何もする必要はなかった。それは自然と頭に浮かび、それきり変わることはなかった。

わが天《そら》に

きみの瞳の
まぶしくて

書きとめはしなかった。ただの一度も。それでもわたしはほぼ毎朝、IDカードの番号と銀行口座番号、メニュー、アイスランドの歴代大統領の名前とともにこの句を思い出す。

昨夜着ていた上着のポケットに紙切れが入っていた。しばらく首をかしげ、ふいに記憶がよみがえる。クタラギさんが豚カツ屋の息子から紙をもらい、酒に関してわたしが覚えきれなかった言葉を書きつけたのだった。〝普通酒〟、〝特定名称酒〟。それぞれの下に二重線が引いてある。すべての酒は〝普通酒〟か〝特定名称酒〟に分類されると説明されたのはおぼえているが、どちらが上等なのかはわからない。それが書かれていないのは、まさかそれまで忘れるとは思わなかったからだろう。

到着まであと一時間。空腹ではなかったのでホテルの無料食事券は受け取らず、列車が出る前に東京駅で弁当を買い、車中で少しずつつまんでいる。凝ったメニューではないが、おいしい――おにぎり、エビフライ、漬物、茶そば。何度かうとうとしては目覚め、いまはソニヤにまだ返信していないことを考えている。

昨夜こそ返信するつもりだったが、ホテルに帰りついたときはくたくただった。帰り道で迷い、携帯の指示をたどれなくなって道をたずね、戻ったのは午前一時を過ぎていた。遅い時間だったが、いい店を紹介してくれたフロントの若い女性に礼を言いたくて、入口で体温を測ったあとまっすぐフロントデスクに向かった。女性は帰宅していたが、引き継ぎの若い男性が、伝えておきますと約束してくれた。

水田、遠くに見えるなだらかな丘、小さな湖、山のふもとの村。携帯の電源を入れ、いま広島に向かっていて、ヴィッリの誕生日は忘れていたとソニヤに返信する。単刀直入に、自分のうっかりを詫《わ》びる言葉も、なんのコメントも書かず、ただしヴィッリとアクセルによろしくのひとことは忘れずに。

〝水田が車窓を通りすぎるのを見ている〟――わたしは書く。〝少し曇り空で、今夜は土砂降りになるらしい。東京で桜の花を見た〟

インガは七年前の今日、亡くなった。命日を忘れたのかとソニヤに責められないよう、ひとこと触れておこうか。いや、よそう、そこまで気をまわすのはちょっとわざとらしいし、さすがのソニヤもそこまで目くじらは立てないだろう。

インガは長い闘病のすえ亡くなった。そのことを思うと決まって悲しくなり、つい知り合ったころを思い返す。あのころのインガは陽気で、一緒にいて楽しく、座のなかの、とりわけ聖歌隊では中心人物だった。

わたしが聖歌隊に加わったとき、インガは在籍してすでに数年が経っていた。わたしは友人のダニエルに誘われた。これが自分流の紹介のしかただと彼は言った。ダニエルは高い音域を持つ軽やかなバリトンで、開店してまもない〈トルグ〉で働き、わたしの声の実力は、ラジオで流れる好きな歌に合わせて口ずさむのを聴いた程度しか知らなかったはずだ。

わたしは四十代の初めで、〝そろそろ落ち着きたい〟年齢になっていた。聖歌隊のメンバーには男女問わず歓迎され、すぐに彼らとの付き合いを楽しむようになった。

インガには入会した日に気づいた。とても魅力的だったが、それを鼻にかけてはいなかった。彼女の魅力はその社交性と、歌声からあふれ出るある種の奔放さにあった。離婚して、幼い娘が一人。ルイガヴェーグルで別の女性とブティックを経営し、彼女自身も腕のいい仕立て屋で、ブラーガガータに住み、わたしより五歳年下だった。

聖歌隊の練習で彼女に会うのが楽しみになった。そんな感情をふたたび経験するのは不思議な気分で、最初は何が起こっているのかわからなかった。聖歌隊の練習の前には念入りに身なりをチェックするようになった。アフターシェーブローションをつけ、清潔なシャツを身に着け、靴を磨いた。やがて一緒にコーヒーを飲むようになった。ディナーに誘った。チュルトニン湖のまわりを散策し、彼女の家で夜を過ごした。三カ月後、インガはブラーガガータを離れ、わたしの家に越してきた。

自分がとんでもない過ちを犯したのではないかと思いはじめたのは、それからまもないころだ。初めて気づいたのが五月の土曜の朝だったのをおぼえている。わたしたちはキッチンにいて、インガは前夫オッリの話をしていた。ソニヤが週末を彼と過ごすことになっていたが、いつものように何か問題が持ちあがった。わたしは話を聞き、ときどきうなずき——たしかに劇場にいけないのは残念だと思いながら——彼女にコーヒーを注いだ。ラジオからは曲の合間にトークが入る音楽番組が流れていた。さほど熱心に聴いていたわけではなく、ラジオの声にはインガの愚痴と、風で窓がカタカタ鳴る音が交じり合っていた。次の瞬間、わたしはびくっとした。次の曲が流れてきたとたん、ほかのすべての音が掻き消え、外の風の音はもとより、インガの言葉ひとつ聞こえなくなった——ザ・ビートルズ、《ジュリア》、ジョンの曲。わたしはコーヒーカップを持ったまま魅入られたように立ちつくし、何度目かと思われるインガの大声もぼんやりとしか聞こえなかった。「クリストファー、クリストファー、どうしたの？」わたしはようやくわれに返り、彼女を見た——生まれて初めて見るかのように——外から無断で押し入り、わたしの部屋に居座った侵入者を見るかのように。

そのとき気づいた。自分がとんでもない過ちを犯したことに。

すべてはわたしのせいで、インガにはなんの罪もない。彼女にはもっとふさわしい人がいたはずだ、彼女を無条件に愛し、一緒にいて楽しいと思ってくれる相手が。なんの疑いも持たず、眠りのなかで毎朝、彼女のそばで目覚めるのを心待ちにし、ほかの女性の夢など決して見ない男が。オッリと別れたあと、インガは何人もの男性から求婚され、そのなかには聖歌隊のメンバーが少なくとも二人はいた。それなのに彼女はわたしを選び、それが彼女の不幸となった。

わたしは努力した。最善を尽くした。それでも足りなかった。インガは何かがおかしいと気づき、何が足りないかを感じ取り、わたしはそれを隠せなかった。一緒に住みはじめてまだ数カ月にもならないある朝、家を出るときにインガはこうなったことを後悔しているかとわたしにたずねた。どんな脈絡だったかはおぼえていない、たぶん唐突だったと思う。そう言ったあとで、インガは冗談めかすように小さく笑った。彼女が何を言いたいかはいやというほどわかっていたし、ここでしらを切るのは彼女に対してあまりに酷だと思った。「するわけないだろう、どうしてそんなことを思いつく?」なのに、そう答えたわたしの声はうつろで、まやかしに聞こえた。

正直に答えるべきだったのに、一週間後、わたしは自責の念にかられるあまりインガに結婚を申しこんだ。

わたしたちは秋に結婚した。インガが何もかも手配した。式には百人が出席し、インガはあまりに美しく、わたしはいまにも泣きそうだった。なぜならこれから自分が彼女に何をするかがわかっていたからだ。「クリストファー・ハンネソン、あなたはインガ・カルスドッティルを妻とし、その人生を台無しにすることを誓いますか?」

レイキャヴィーク教会で牧師が言った言葉が、わたしにはそんなふうに聞こえた。牧師はわたしの目を正面からのぞきこみ、次にインガの目を見つめた。そして彼が誓いの言葉を言い終わるか終わらないかのうちに、わたしは大声で「誓います」と言った――本心を誰にも悟られまいとして。教会に笑いが起こった。誰もがわたしの性急さを感動的で好ましいものと受け止め、のちにダニエルはこう言った――「よほど急いでいたんだな、彼女に逃げられたくなくて、だろ?」

インガが亡くなって七年になるが、彼女にゆるしを乞わない日は一日もない。

〝水田が車窓を通りすぎるのを見ている。東京で桜の花を見た……〟

ソニヤにメールを送信し、バッグに携帯を戻して目を閉じる。目的地まであと三十分。あとしばらくは自分のことを忘れられそうだ。

ヨウイ・ステインソンとは数週間ほど会っていなかった。大学の講義は五月で終わり、そのあと寮はからっぽだったから、てっきりアイスランドで夏の仕事を見つけたのだろうと思っていた。前年の夏、彼はアイスランド国家統計局で働き、九月に大学が始まると、統計局の同僚の話でわたしたちを楽しませた。言うまでもなくヨウイは彼らをバカにし、無能さをあげつらい、インフレ率を計算するたびに、なおも上がりつづけていることに驚くさまを真似てみせた。

「なんてことだ」ヨウイは頭を掻き、顔をゆがめながら、「四十二・三パーセント。これはなんとかしなければ……」そしてこう続けた――「海に出たほうがよほどましだ、クリストファー」わたしが金ほしさに漁船で働いたことをよく知っていて、本心では統計局とか、経済学の知識を生かしてなんらかの経験を積める場所で働いたほうがはるかにましだと思っていたにもかかわらず。

わたしは大学になんの未練もなく、ヨウイ・スティンソンのことなど考えもしなかった。大学をやめてからほどなく、ヨウイがわたしのことを物笑いの種にしていたと、共通の友人がビール片手に教えてくれたが、聞き流した。記憶が正しければ、たしかヨウイはこう言ったはずだ――〝ぼくらが学生運動で成し遂げたものと言えば、クリストファーが皿洗いに行きついたことだけだ、社会主義、万歳！〟とかなんとか。

だから七月のある金曜の夜、ミコが厨房に入ってきて、わたしを知っている客が来たと告げたときは驚いた。「アイスランド人で、あなたのことをきかれた」七時ごろのことで、厨房は忙しかった。わたしはミコに、手が空いたらちょっと顔を出すと伝えてくれるよう頼んだ。そのまにテーブル席をのぞくと、ヨウイとマルテイン・フイクソンが座っていた。マルテインとはグラマースクールが一緒で、たしか今はアイスランド大学に通っているはずだから、きっと旅行で来たのだろう。たしか、マルテインとヨウイはどちらもレイキャヴィークに近いルイガルネースで育った、古い友人どうしだ。

正直あまり会いたくはなかった。とくにマルテインは昔からわたしを頼りにし、勉強で困ったことがあると――とくに理系科目で――よく助けを求めた。ヨウィと話したいとも思わなかった。日本食を食べたくて来たのではないことくらいわかっていた。ここに来れば、わたしが皿洗いをするのを見たと言って、わたしと、わたしの社会主義を笑いものにできるとでも思ったのだろう。〝誰もがみな皿洗いと床掃除に行きつくならば、ぼくらはみな平等だ〟ヨウィの声がいまにも聞こえてきそうだった。〝どうやらクリストファーはそのことに気づいたらしい〟

わたしはぐずぐずしていた。十五分が過ぎ、三十分が過ぎた。ミコはわたしが少しも急いでいないのに気づいていぶかしげに片眉をあげたが、何も言わなかった。わたしは肩をすくめ、少しも気にしていないふうをよそおった――あんなのは放っておけばいい、自分にはほかに考えることがあるとでもいうように。だが、いよいよこれ以上は引き伸ばせなくなり、わたしはふきんを放り投げ、エプロンをはずしてフックにかけた。だが、厨房を出かかったところであと戻りし、はずしたエプロンをつけてふきんをつかみ、エプロンのひもに差しこんだ。

先にヨウィが気づいた。背を向けていたマルテインは、ヨウィを見てわたしが来たのに気づき、さっと肩ごしに振り返って悪びれたような笑みを浮かべた。

やあ、と挨拶を交わした。わたしはできるだけ気楽さをよそおい、会話を始めることにした。ロンドンで何をしている、マルテイン？

休暇中で、次はパリに行く予定だ。

いまも歴史を学んでいるのか？

いや、一年次が終わった時点で専攻を変えて、いまは法学位を取る勉強をしてる。

「きみは？」わたしはヨウイにたずねた。「てっきりアイスランドに戻ったと思っていた」

ヨウイは、夏のあいだ、経済学研究助成機関の仕事を得たと言った。

「担当教授は？」

わたしの問いに、ヨウイは教授の名前を答えた。彼とひどく折り合いが悪く、講義中にほかの学生があきれるほど何度も衝突したスウェーデン人教授だ。

「まさか、エングストロムか！」

「そのまさかだ」とヨウイ。

「おめでとう」わたしは言った。

ヨウイがすました顔をしたので、それ以上は触れなかった。それでもマルテインは何か感じ取ったらしく、わたしたちを交互に見たが、ヨウイもわたしも無言だった。

「ここで働いてるのか」とマルテイン。

「ああ」

「仕事はどうだ？」

「最高だ」

「休学してるって……」

「休学？　いや、大学はやめた」

マルティンは驚いてみせたが、ヨウイをちらっと見たから、きっと話は聞いていたのだろう。

「本当か？」

「ああ」

「どうして？」

「ヨウイには逆立ちしてもかなわないとわかった」わたしは言った。

ヨウイとマルティンはぎこちない笑い声をあげた。

「誰もが国家統計局で働けるわけじゃない」わたしは言った。余計なひとことだった。

ヨウイは顔をしかめた。「去年の夏だけだ」

ミコが空いた皿を下げにテーブルにやってきた。もう少しあとでもよかったはずだが、様子が気になったのだろう。二人はデザートを注文し、ミコはテーブルを離れた。

「ヨウイから聞いたよ、いまでは調理も始めたって」

「ああ」ヨウイが言葉をはさんだ。「ビルがここで朝食を食べたと言っていた」

「いや、皿を洗ってるだけだ」

「そうか？　でもビルの話じゃ……」

「勘違いしたんだろう」わたしは言った。

ミコがデザートを運んできた。話を切りあげるいいチャンスだ。「そろそろ皿洗いに戻る」わたしは言った。「おごりだ。デザートを楽しんでくれ」

厨房に戻ったとたん、どっと疲れを感じた。流しに身を乗り出して蛇口をひねり、顔に水をあびた。上体を起こすと、後ろにミコが立っていた。タカハシさんとスティーヴはパントリーで何かを探していて、二人のぼそぼそ話す声が聞こえる。ミコはあたりを見まわしてから近づき、わたしの手を取って一瞬ぎゅっと握った。

それ以来、街でヨウイを見かけることはめったになかった。ヨウイとマルテインが〈ニッポン〉に来たことはじきに忘れた。記憶にも残らないようなできごとだった。

だからなおのこと、去年トリッグヴァガータで偶然会ったとき、ヨウイがあのときの話を持ち出したのにはひどく驚いた。そのときのわたしはすでに彼が病気だと知っていた。

「夢を追いつづけたきみをいつも尊敬していた」ヨウイは言った。

わたしは耳を疑った。

「この前マルテインと、あの日本料理屋にきみを訪ねたときの話をしていた。いかにきみが、これと決めたらどんな困難もはねのけてそれに邁進したかを。あれはたいした度胸だった」

そのときのヨウイはすでにやつれ、声もかすれていた。彼の言葉に喜ぶべきだったかもしれないが、何か悪い気がした。ヨウイ・スティンソンを憐《あわ》れむ日が来ようとは、まさか彼がたとえかりそめにも自分自身に疑問を抱く日が来ようとは、夢にも思わなかった。

「きみもマルティンも立派にやってきた」わたしは話題を変えるためにそう言った。

「ああ」ヨウイは言った。「誰にも、なんの不満もない」

わたしはうなずいた。トリッグヴァガータで彼と話したときも、先日の葬儀で牧師が容積指数、物価指数、収益還元法、国民経済計算、決意、家族、フォスヴォーグルのテラスハウスのことを話したときも、そのとおりだと思った。なんの不満もない――そのときわたしは自分自身に言った――わたしたちの誰ひとり。

それでも疑いは忍び寄り、どんなに押しやろうとしても押しやることができなかった。牧師が話すあいだも、聖歌隊が歌うあいだも、葬儀が終わったあと家まで歩いて帰る途中、チュルトニン湖の明かりを見たときも、その夜ベッドに横になってからも。その疑念を言い表す言葉は見つからず、おそらくそれが何より厄介だった。なぜなら言葉にできない思いには対処のしようがなく、克服することも忘れることもできないからだ。それがヨウイに関することか、自分に関することか、あるいは二人に関することかはわからない。あるいはわたしたちの運命のことか、それともトラファルガー広場で彼がわたしをおぶったことを思い出した瞬間、あまりにも短いものに思えた、たがいの人生についてなのか。けれども、さいわいそのような疑念は跡形もなく消え去り、翌朝目覚めたとき、わたしは思い出した――そういえば友人の葬儀に参列したあとは、いつも少しばかり変な気分になることを。

隔離期間を終えた給仕長のグンナルが、いまわたしがいるアパートを探すのを手伝ってくれた。彼は宿泊予約サイトに詳しく、夫のスヴァーヌルと国内や海外を旅するときによく利用し、選ぶポイントを心得ている。わたしに、街のどのあたりに滞在したいのかとたずね、気づいたときには付近の地図を読み出し、借りられそうなアパートをいくつか探し出していた。平和記念公園から歩いてほんの二、三分の場所に数軒、城の近くに数軒。わたしはもう少し範囲をせばめてほしいと頼んだ。川の近くで、しかもミコの家まで歩いて行ける場所で、できればもっと静かなところがいい。注文をつけすぎかと思ったが、グンナルは条件に合う物件を三カ所、見せてくれた。それぞれ、数枚の写真とともに詳しい仕様が書いてある。どれも同じくらいよさそうでなかなか決められず、グンナルに選んでもらうことにした。彼はあたえられた任務を真剣に引き受け、すべてをもういちど見比べ、長所と短所をリストアップし、なかのひとつに決めた。それからわたしのクレジットカードで支払い、携帯で撮ったパスポートの写真を家主に送った。どうやらそういう決まりらしい。

ウェブサイトの写真と実際の部屋を比べると、家主が隅から隅まで正確に掲載しているのがわかる。部屋は明るく清潔で、家具はシンプルだが感じがよく、サイトにあったとおり、真新しいバスルームの横には洗濯機。リビングルームはバルコニーつきで、川が見わたせる。インターネット完備。戸棚にはタオルが数枚。

ウェブサイトには、リビングのソファに置かれた青いクッション、キッチンの電気ケトル、ダイニングテーブルの上の食器セットと〈カフェ・ド・コーヒー〉のコーヒー袋、電子レンジ、リビングのコーヒーテーブルに飾られた植木鉢の写真が載っていた。家主が賃借希望者にアピールしたいポイントなのだろう。そのすべてが写真どおりにきちんと置かれ、それを見ていると、ふと自分がこの部屋の隅々まで知っているような、家に帰ってきたかのような既視感にとらわれる。言葉も話せず、習慣もわからない異国にいるというより、家に帰り着いたような感覚だ。

スーツケースから荷物を出すのに時間はかからない。きれいな服をたんすにしまい、汚れた服を洗濯機に入れるが、まわすのはまだ先でいい。ゆっくりとケトルに水を張り、電源を入れ、バルコニーに通じるドアを開ける。暖かい風が吹きこみ、通りを行き交う人々の声や車の低いうなり、通りをへだてた歩道を二人の男が引いてゆくカートの音が聞こえる。湯呑《ゆの》みに巻いたふきんとビニールの包みをはずし、旅のあいだに壊れなかったことにほっとする。もっとも、厳重に包んでいたから壊れるとは思っていなかった。湯呑みはケトルの横でくつろいでいるように見え、ウェブサイトの写真のなかに湯呑みが写っているところをつい想像する。

ここから彼女の家までは歩いて十分足らずだ。川に沿って一方通行の道をしばらく行くと、左手に小さな広場がある。そこに、グンナルがパソコン画面で見せてくれた写真からすると、いまわたしがいるアパートとさほど変わらない五階建ての建物があるはずだ。頼みもしないのにグンナルはすばやくキーボードを叩き、そこまでしなくてもいいというまもなく探し当てていた。

「ここがご友人たちのアパートです」グンナルは言った。

わたしはメガネをかけ、彼女の住まいをまじまじと見た。白壁で、標準サイズの窓と小さなバルコニーのついた、なんの特徴もない建物だ。太陽が空の高い位置にあるから、昼間に撮られた写真だろう。

「何階ですか」とグンナル。

「二階だ」

グンナルは画像を拡大し、画面を指さした。「この二部屋のどちらかですね。各階に二部屋ずつあるようです」

歩いて十分足らず。それでもわたしは思い切り悪く、バルコニーに出て川を見おろす——出かける前にあらかじめ道順を確かめなければならないとでもいうように。湯呑みに熱い湯を注ぎ、ティーバッグを浸し、携帯を取り出す。返信はまだない。そこで、何か見落としてはいないか確かめるべく、これまでに届いたメッセージをもういちど読み返す。

〝アパートに住んでいます。大きい建物ではありません。友人が食べ物を持ってきて、ドアの外に置いておいてくれます。窓ごしに話もします〟

ミコはフェイスブックをまめに使うほうではなく、自分の写真や感想を載せる気もなさそうだ。ソーシャルメディアに慣れていない印象を受けるが、もちろん本当のところはわからない。数年前、ふと彼女を探してみようかと思ったことがあったが、見つかるはずもなかった。いま彼女はナカムラ・ミコ。タカハシではなくナカムラなのだから。

写真を送ってほしいという言葉が一瞬、頭をよぎったが、やめておいた。わたしも自分のページにはあまり写真を載せていない。〈トルグ〉のダイニングホールと厨房の写真が数枚と、スカーガフィユルズルの夕焼けの写真が一枚。それも、フェイスブックに登録したとき、みんながそうしているからという義務感にかられてのことだ。自分が何をしているかとか、あれはどうだ、これはどうだと意見を書きこむのも気がひけ、プロフィールに趣味や関心事を書いたことは一度もない。ミコがソーシャルメディアにあまり書きこまない理由はよくわかる。たぶんわたしと同じように、主にメッセージをやり取りする手段としてフェイスブックを利用しているだけなのだろう。

〝あなたを探そうとずっと思いながら時間だけが過ぎて、いまとなっては遅すぎて……〟

ミコが書いたとは思えない。なんとなく彼女らしくない。文章が長すぎるような。変によそよそしいような。そこで、最後に彼女と会ったのが五十年前だったことを思い出す。半世紀以上も前だと、あらためて自分に言い聞かせる——そのことに今さらながら気づいたかのように。気分が落ちこみ、わたしは小さく震えはじめる。こうして湯呑みを持って立っていると、たとえ湯呑みは昔と同じでも、いまのミコは、かつてわたしが将来を一緒に過ごしたいと夢見たときのミコとはほぼ確実に、まったく違う人間なのだという当然の事実がひたひたと迫ってくる。

腰を下ろし、湯呑みを置く。そして壁の時計を見あげる――過ぎ去った年月のことを何か教えてくれるとでもいうように、あの時間がどこに行ったのかを知る手がかりをくれ、謎を解いてくれるとでもいうように。だが、壁の時計はただチクタクと時を刻むだけで、気がつくと日が暮れていた。

荷解きがすんだら花を買いに行くつもりだった。新幹線のなかでも、そうしたほうがいいだろうかと思い悩み、結局、手ぶらでは会いに行けないという結論に達した。箱入りのチョコレートはあるが、最初の訪問にはそぐわない気がした。花束は大きくなりすぎぬよう、むしろ小さめにして、花を吟味したほうがいいと自分に言い聞かせた。近所に夜九時まで開いている花屋まで見つけたときは大きなことを成し遂げた気分になった。けれどもいまはひどく眠く、立っているのもつらい。疲れのあまり、この旅はとんでもない誤りなのではないか、自分が寝ているのか覚めているのかもわからず、頭がまともに働いているかを毎日確かめなければならない老人の空想にすぎないのではないのかと問い直すことすらできない。夕闇が迫るのをただ見つめ、立ちあがって部屋の明かりを消す気力もないところに、いきなり廊下でドアホンが鳴り、わたしはびくっと立ちあがる。

一九六九年の夏のできごとを正しい順序に並べてみようと思う。あの数週間を頭のなかで秩序立てて考えるのは容易ではないからだ。それは、IDカードの番号や大統領の名前、前菜メニュー、星や瞳を詠んだ昔の俳句を思い出すよりも難しい。あとになって、すべてはなんだったのかと考えると、あの一連のできごとを支配していたのは偶然、もしくは運命としか思えないときがある。というのも、あのときミコの振る舞いが予測不能に思えたとしたら、あとから考えると、それは予測どころか理解不能としか言いようがなかったからだ。事実、わたしには何が起ころうとしていたのかなんの予感もなかったし、あとからどんなに頭をひねり、とりつかれたように考えつづけても、それを暗示する徴候は見つからなかった。どんなに思い返しても、わかった《エウレカ》と思える瞬間はどこにもなく、わたしをふと立ちどまらせ、これから起こることに気づかせてくれるような手がかりも何ひとつなかった。例えるなら、潮があまりにもゆっくりと、想像もつかない形で満ちてきたせいで、逆に引いているのかと思ってしまうのに似ていた。

それは七月から八月にわたる数週間のできごとだ。なぜかわたしはいつも、その始まりを祖母が病気になり、病院に運ばれたことと結びつけて思い出す。それを言うなら、あの月面着陸の夜と結びつけてもよかったはずだ——あの日はBBCニュースを見るために遅くまで起きていて、どうしてミコはこんなに無感動なのだろうと思ったのをおぼえている。

とにかく祖母クララのことから始めたい。クララは父の母で、アイスランド東部で育ち、数年前に祖父が死んでひとりになった。その後もハウヴァトラガータの家に住みつづけ、まだまだ元気で、それまで病気らしい病気もしたことがなかった。そんな祖母だったから、母も驚き、わたしに知らせたほうがいいと思ったのだろう。それでも本人は気丈に振る舞い、医者も望みを持っているという。手紙には〝心臓大動脈の病気〟と書いてあった。クララおばあちゃんとは昔から親しく、幼いころも、十代になってからもバスでよく会いに行った。祖母はわたしにパンケーキをふるまってくれ、一緒にトランプでジンラミーをし、地下室の箱にしまってあったデンマーク語のドナルドダックの漫画を読んでくれた。

わたしは〝おばあちゃんに愛していると伝えて〟と返事を書いたが、あとは母が伝えた医者の楽観的な見立てを信じた。もちろん母は手紙で、わたしの将来についてもたずねていた。当然ながら両親は大学をやめたことをよく思っておらず、いまの雇われ仕事にはなおのこと不満だった。わたしは母に、いま自分は幸せで、父さんと母さんのアドバイスどおり将来のことは考えていると返事を書いた。

ミコに祖母のことを話すと、矢継ぎ早に質問が返ってきて、わたしは少し面食らった。これまでミコに自分の家族の話をしたことはなく、いきなり彼女はわたしを質問攻めにした。祖母のことだけでなく、両親のこと、兄ムンディのこと、アイスランドの暮らし、天気、暗い冬のこと、山々、経済、交通のこと。そんなふうに息もつかせぬ勢いで、ちょっと興奮しているようにも見えた。わたしはできるだけ答えながら、そうした質問に、将来、一緒に暮らせるのではないかと期待をふくらませていたことは顔に出さないようにした。それでも、外国人がアイスランドに住むのはどんなふうかときかれると答えに迷った。外国人は多い？　どこの国の人？　アイスランド語は難しい？　アイスランドではみんな英語を話すの？　などなど。

ちょうど同じころ、ミコは前より不用心というか、鷹揚《おうよう》になった。通りでわたしの手を握り、質問攻めにした数日後にカフェで会うとキスをし、ある日の午後はわたしの部屋で愛し合ったあと、外に出るときにこう言った――「家主さんはあたしたちがここで何をしてるか、知ってるみたいだと思わない？」

これまではずっと、ドアの外にミセス・エリスがいないか、わたしに確かめさせてからあわてて家を出ていたが、最近はまったく気にしなくなった。「だってここはあなたの部屋なんだから」ミコはそう言った。

この心境の変化はちょっと唐突に思えたが、理由をたずねようとは思わなかった。わたしはしじゅう人の目を気にしなくてもよくなったのがうれしく、二人きりのときも、ミコの大学の友だち――エリザベス、ペニー、ウィリアム、パトリシア――と一緒にいるときも本来の自分たちでいられると感じた。ミコがわたしを友人たちに紹介したときは（もちろんエリザベスは除いて）全員が驚いた。それは映画館でのことで、代表者らしきペニーが大声で言った――

「いままでどこに隠してたの?」

いままでは毎日がバースの週末のようだった。どんな天気でも、毎日太陽が降り注いでいた。目覚めると幸せで、寝るときも幸せだった。ミコがそばにいないと恋しく、一緒にいるときは別れるのが怖かった。

「あたしの彼氏、クリストファー」

ミコはそんなふうにわたしを紹介した。あっさりと、あの明るい声で。

〈ニッポン〉にいるときだけが何も変わらなかった。厨房で二人きりのときはミコがさっと触れることもあったが、それだけだ。それもほんのたまに、触れるのはほんの一瞬だった。いっぽう、わたしにはミコほどの度胸はなく、怪しまれるような目で彼女を見ないよう用心しつづけた。

そんな状態が二週間ほど続いたあと、ミコがふたたび以前のように人目を気にすることはないだろうと自信を得たわたしは、タカハシさんの話をしてみることにした。その日は彼女の友人たちと市民講座に参加してカフェに行き、二人でわたしの部屋に戻った。今夜ミコは泊まるつもりだ。友人たちと別れてからずっとタカハシさんのことを切り出そうと思っていたが、いざとなると気後れした。ベッドに入り、明かりを消してから、ようやく勇気を奮い起こした。

「ミコ……」

「うん?」

「寝た？」

「うん」

沈黙。

「何？」

「なんでもない……」

「何よ、何が言いたいの？」

「タカハシさん……」彼の名前を口にしただけで胸の鼓動が速くなった。わたしは言葉に詰まり、横たわったままじっとしていた。すぐに口を開いたことを後悔した。

だが、悔やむ必要はなかった。ミコは掛け布団の下でわたしの手を探り、励ますように言った。「心配しないで。あたしがなんとかする」

「きみが？」

「そう」

「きみに無理はさせたくな……」

「心配しないで」

ミコはほかにも何か――心境の変化をもたらしたなんらかの理由を――言いかけたような気がしたが、それきり口をつぐんだ。

「愛してる」わたしは言った。

「あたしも」ミコが言った。

翌週、ふたつのことが起こり、どちらもうれしいできごとだったからよくおぼえている。ひとつは火曜日に祖母が退院したこと、もうひとつは、タカハシさんから週末スティーヴが休みを取るから代わりに入ってほしいと頼まれたことだ。祖母のほうは医師の処置がうまくいって回復に向かっており、タカハシさんのほうは、調理の腕を直接ほめられたわけではないにせよ、信頼されている証拠だった。

タカハシさんに背中をポンと叩かれたとき、ミコが自分たちのことを何か話したのだろうかとふと思った。もちろん全部ではなく、必要なだけを。そしてタカハシさんはそのことを怒ってはいないのではないかと。

金曜日、タカハシさんは昼の勤務のあと眼科に予約があり、わたしは夕食の準備のために店に残った。ひとりで厨房にいると、四時少し前にミコがやってきた。

「みんなは?」

出払っていると、わたしは答えた。

ミコは厨房に陣取り、仕事をするわたしを見ていた。たしかわたしは野菜を切っていた。まな板に当たる包丁の音がやけに大きいと思ったこともおぼえている。

「タカハシさんに……」わたしは言いかけた。

「父さんが何?」

「何か話した？」

自分たちのほかには誰もいないとわかっていたのに、わたしは思わずあたりを見まわした——誰かが隠れていないか、誰かが壁の向こうで聞き耳を立てているのではないかと恐れるように。

「来て」ミコはわたしのシャツを引っぱった。

「どこに？」

「いいから」

ミコはわたしをパントリーに引っぱりこんでキスした。わたしはあわてた。

「誰か来たらまずい」

「来ないって」ミコはそう言って服を脱ぎはじめた。わたしがためらっていると、ミコはわたしのベルトをはずして抱きついた。

わたしは落ち着かなかったが、それを見せないようにした。神聖な場所を汚しているような思いにとらわれ、そのあいだじゅう、いまにも誰かが入ってくる音が聞こえそうな気がしていた。終わると、あわてて服を着、すぐに野菜切りに戻った。

ミコはトイレに消えた。出てきたとき、ちょうどドアが開いてタカハシさんが入ってきた。ミコが彼に明るく声をかけたのに驚いたのをおぼえている。

訪ねてきたのはアパートの家主だった。合鍵は持っているはずだが、礼儀としてドアホンを鳴らし、いま話ができますかとたずねた。

来訪にはふたつの理由があった。ひとつは歓迎の挨拶をし、何か足りないものはないかたずねること。もうひとつは、役に立つだろうとマスクを持ってきたことだ。

「ギリギリのタイミングでした。アイスランドからの訪日客もいまや入国禁止になりました」彼はそう言い、ドアノブにマスクの入った袋をかけた。「二十枚あります。近ごろは手に入れるのも大変で」

彼もマスクをしていたので、顔は半分しか見えなかったが、おそらく三十代半ばくらいだろう。上手な英語を話し、アパートと同じようにきちんとした印象だ。わたしは彼の親切に感謝し、マスク代を払うと申し出たが、彼は耳を貸そうとしなかった。

「広島へようこそ」彼は言った。「お手伝いできることがあれば遠慮なくおっしゃってください」

袋のなかには消毒液の小瓶も入っていた。部屋にあるものより小さいポケットサイズだ。わたしはいま、その小瓶を上着のポケットに入れ、マスクをつけ、暗がりのなか、花束を手に川沿いを歩いている。花束は思っていたより大ぶりになった。花屋の女性はとてもかいがいしく、あれほどせっせと花束にしてくれたあとでは、もう少し小さくとは頼みづらかった。

実のところ、昨夜はクタラギさんと飲み過ぎて、今日は少し二日酔いだった。気分が冴《さ》えないのはそのせいだ。だから、ふだんからアルコールを避けているのではなかったか。でも、いまはかなり回復した――川沿いの露店でお好み焼きを食べ、コップ一杯の炭酸水を飲んだあとでは格段に。実際、かなり気分はよくなり、クタラギさんの日本酒講義やカラオケの前に飲んだ日本ウイスキーのこともほほえましく思い出せる。交換条件《トレードオフ》――ムンディは二日酔いをそう呼ぶ。もちろん、本人は二日酔いなどしないと言うが。

ミコはいつも宵っ張りだったから、午後八時を過ぎてはいるが、訪ねることにした。グンナルが調べてくれたおかげで、部屋がどこかはわかっている。明かりが消えていたら帰ればいい。メールのなかに、ウイルスのせいで睡眠時間がまちまちだという一文があった。昼に寝たり夜に寝たり、絶えず倦怠感《けんたいかん》があると。〝目を開けるとロンドンにいるのかと思うときがあります〟書いてあるのはそれだけだったが、わたしに考えさせるには充分だった。

知らぬまに歩みが遅くなっていた。川から離れて道を曲がると、アパートは目と鼻の先だ。それでも完全には立ちどまらず、彼女に会ったらなんと言おうと悩むのはやめ、半世紀を埋める言葉を見つけようとするのもやめた。

最後の曲がり角。アパートが目の前に現れた。グンナルが見せてくれた写真より一段、色が暗く見える。だが、あれは真っ昼間に撮影されたものだった。しかも建物の正面には街灯がひとつもない。通りの奥にひとつ、少し手前にひとつあるが、どちらもアパートを照らすほど明るくはない。

建物に近づき、通りの反対側で足を止め、二階の窓を見あげる。淡い色の二枚のカーテンが、二つの窓の途中まで引いてあり、かすかになかの明かりが見えた気がするが、街灯がガラスに反射しているだけだった。

しばらく待ってみる。四階で、ふきんを持った女性が窓ぎわを通る。外を見やりはせず、奥のキッチンテーブルに座る誰かと話しているようだ。女性はうなずき、ふきんを置いて姿を消す。三階の窓の奥ではテレビ画面が断続的に薄青く点滅している。動くのはそれだけだ。

しばらくして通りを渡り、入口に近づく。各戸のドアホンの横に居住者の名前が書いてある。みな苗字だけだが、彼女だけは違った。ナカムラ・ミコ、2B号室。初めて日本語で〝ミコ〟と書いたときのことがよみがえる。書きこんだのは、古本屋で偶然見つけて彼女にあげたアイスランドの写真集だった。ミコがアイスランドについてあれこれ――人々や山や交通手段や言語について――質問したあとのことだ。わたしたちはカフェにいた。彼女は本を開き、そして閉じた。

ミコの部屋の明かりは消えている。訪ねるのはよそう。どうか眠っていますように。花は心配ない。一晩はもつだろう。さっきキッチンの引き出しを開けたとき、青地に黄色の水玉模様の花瓶を見つけた。ちょっと小ぶりだが、入らないときはチューリップを何本か抜けばいい。

ミセス・エリスの声にはかすかに苛立ちの響きがあった。しばらくドアを叩きつづけていたようだ。「クリストファー、クリストファー、いるの？　お客さまが……」

目が覚めるのにしばらくかかり、ようやく返事をして服を着た。午前八時。昨夜は寝たのが遅く、一日の長い仕事のあとで疲れ、ぐっすり眠りこんでいた。

ミセス・エリスはミコが部屋に出入りするのを何度も見かけていたはずだが、二人が言葉を交わしたことはなかった。紹介もしていなかったから、その朝、ミセス・エリスがミコに知らない人のように応対したのは、ひとえにわたしのせいだ。

とにかく一階に下りて玄関に立つミコを出迎え、一緒に部屋へ戻った。ドアを閉めたあと、きっとミコは女家主について何か皮肉めいたことを言うだろうと思ったが、彼女は何かに気を取られていた。バッグのなかに手を入れると、古い新聞紙におおわれた小さな包みを手渡した。わたしは両手のなかの包みをしげしげと見たものの、あまりに唐突で開けることもできずにいた。

「授業の前に寄ろうと思って」ミコは言った。「壊れやすいから」

わたしの住まいはミコの大学からかなり遠い。バスを乗り継ぎ、さらに十分以上歩く。わたしは黙って巻いてあるひもをほどき、新聞紙をはがした。現れたのは湯呑みだった——それ以来わたしがどこに行くにも持ち歩くことになる、リスだか鳥だか、ひょっとしたらフクロウかもしれない絵のついた湯呑み。

いざ湯呑みを前にしても、なんとも言いようがなかった。きれいだとは思ったが、ミコが朝早く、わざわざまわり道までして届けに来た理由がわからなかった。沈黙が気詰まりになりかけたとき、湯呑みを包んでいた新聞の記事に目が留まった。《ティトゥンハースト・パークのザ・ビートルズ》という見出しの下に、ジョン・レノンとヨーコ・オノの大きな写真。裏面には、ジョンとヨーコが購入したばかりのカントリーハウスの屋外で撮られた〈すばらしき《ザ・ファブ・》四人組《フォー》〉の写真が数枚載っていた。ジョンはつば広の帽子をかぶり、あごひげを生やし、髪を肩の下まで伸ばしている。

「ほら、見て」

だが、ミコはちらっと見ただけで新聞を押しやった。怒ったふうではなかったが、邪魔物をのけるようなしぐさだった。「母が使ってた湯呑み」ミコは言った。「あたしが小さいとき、父からもらったの。いまはあなたに持っていてほしい」

彼女を抱き寄せ、何か言おうとすると、ミコは身を振りほどいてバッグを取った。「遅刻するから」

追いかけるように階段を下りたが、追いつく前にミコは玄関のドアを開けていた。わたしはその背中に〝じゃあまた〟とかなんとか呼びかけた。けれども彼女は振り向きもせず通りへ急いだ。

それが木曜日だった。翌日、ミコは午後六時ちょっと前に店に現れ、閉店と同時に帰った。さよならを言う前にミコはわたしにこう告げた――〝明日は街を離れて父と知り合いの家に行くから来られない〟あえて告げたという言葉を使うのは、そのときの声が妙に堅苦しかったからだ。

「どこに？」わたしはきいた。

「ブライトン」とミコ。

「湯呑みをありがとう」彼女がそそくさと店を出る前に、わたしはそれだけ言った。その言葉がなんだか奇妙に聞こえた。ミコはさっとわたしを見返し、そして消えた。

土曜日はスティーヴが調理をして、わたしが手伝い、ヒトミが給仕をした。日曜日もあまりすることはなかった。〈ニッポン〉で働きはじめてから、タカハシさんがいないのは初めてだった。彼がいない店はがらんとしていた。

あの週末のことを頭のなかで何度も思い返し、とりわけヒトミが目の前にいるところを想像してみた。何が起こっていたのか、彼女なら知っていたはずだと思ったからだ。しかし、記憶のなかの彼女の言動はふだんと少しも変わらず、なんの手がかりもなかった。ヒトミはわたしとスティーヴを――もちろん冗談まじりに――叱り、盛りつけが下手すぎて出すのが恥ずかしいと文句を言い、客に厨房をのぞかれないようにしないとショックで卒倒するかもしれないと言った。

「ガイジンは日本料理の作りかたを知らないんだから」

ヒトミにからかわれ、スティーヴが「知ったことか」と返した。

何もなかった。気配らしきものは何ひとつ。どんなにヒトミを目の前に思い浮かべてみても。けれども、ミコが湯呑みを持ってきたあの朝のことを、あるいはタカハシさんと最後に言葉を交わしたときのことを考えるたびに、何かがわたしに訴えていた。

あれは月曜日だった。その朝、両親から電話があり、祖母が夜中に亡くなったと知らされた。夜に容体が悪くなり、数時間後に息を引き取ったという。

「あなたがどうしているか気にしてたわ」母が言った。「いちばんかわいがっていたから」

葬式に帰ることになった。

「できれば早いほうがいい」父が言った。「やらなきゃならんことがたくさんある」

午後の早い時間に〈ニッポン〉に行った。タカハシさんは外出中だったので、裏庭の椅子に座って待った。しばらくして戻ってきたタカハシさんに、わたしは休暇を申し出た。彼はまっすぐに近づいてわたしの手を握った。そんなことをされたのは初めてだった。

「旅の無事を祈る、クリストファー。気をつけて」

そう言ってわたしの手をきつく握り、正面からじっと見つめた。彼が最後に別れを言おうとしていたとは知る由もなかった。

店を出る前、ミコはまだブライトンにいると、タカハシさんは言った。彼は厨房にいて、半分背中を向けていたので、わたしに直接話しかけているとは思わなかった。だが、彼はわたしに、わたしだけに話していたのだ。ただ、あのとき彼の心に何が浮かんでいたのかは、いまもわからない。

水曜日のアイスランド行きの飛行機を予約した。荷物は——今回の旅よりも——軽かった。スーツとネクタイ、いちばん上等の靴。そして湯呑み。彼女を思い出すよすがになるものがほしかった。気がつくとわたしはミコの写真一枚、ましてや二人で写ったものなど一枚も持っていなかった。


花は今朝も元気だ。花束は花瓶に収まったが、このさい、もっと花を減らすことにして、チューリップを二本、キッチンテーブルの背の高いグラスにさした。これでさらによくなった。最初のイメージどおりだ。

ドアホンを二度、鳴らす。時刻はもうすぐ午前九時。昨夜はぐっすり寝て七時に起き、八時すぎに部屋を出た。出る前にフェイスブックをチェックしたが、見るべきものはなかった——

ミコからはなんの音沙汰もない。

ドアホンに応答はなかった。右手に持った花を左手に持ち替え、足を右左と踏みかえ、舗道を数歩さがってアパートの正面を見あげる。カーテンは昨夜と変わらず引かれたままで、なかで動く様子もない。昨夜、ふきんを持った女性を見かけた四階のキッチンの窓から少年が外をながめている。十歳くらいだろうか。とくに何かを見ているふうではない。

通りを渡った広場のベンチに座る。〝広場〟というほどのものでもない。丸い花壇と、いま座っているベンチ、何に捧げられたのかわからないが、小さな記念碑がひとつあるだけだ。

花束を脇に置く。道路を行き交うのは自家用車よりも配送トラックが多く、歩いているのは通勤途中か、角の食料品店に向かう数人だけだ。ほぼ全員がマスクをつけている。東京にいたときからこんなふうになった。わたしもポケットを探り、マスクをつける。

ベンチに座り、通りの向かいの建物を見るよりほかにすることはない。ちょっと所在ないが、不思議と気分は穏やかだ。もしかしたらわたしはとうに気づいていたのかもしれない――自分ははかない望みにすがっているだけで、ミコがメッセージに返事をしなくなってから、胸の奥では誰もいない部屋を予想していたことに。おそらく彼女は回復し、緊急事態を脱して自分のいる状況を考え直し、もはや過去を呼び戻す意味を見いだせなくなったのだろう。そう思ったとしてもなんの不思議もない。人は自分が死に近づいていると思うと、いつもとは違う考えが浮かび、手遅れになる前に物ごとに片をつけたくなり、本当のことを人に話したり人から聞いたりして、ほどけた糸を結びなおしたくなるものだ。いつかわたしもそんな気分になるのかもしれない。

どうかそうであってほしい。ミコは回復し、わたしに会いたくなくてどこかに去ったのであってほしい。彼女の沈黙が、考えられるもうひとつの理由だとは思いたくない。

外の気温は十八度で、陽射しはなくても、このベンチはシャツ一枚の上に青いウインドブレーカーだけで暖かい。わたしはアパートの住人を一人見かけるまで待つことにした。建物に入る人でも、出て行く人でもいい。まんいち日本語で伝えなければならない場合に備え、今朝、辞書とオンラインの翻訳ツールを調べて例文もいくつか書きつけてきた。

何か食べるものを買ってくるあいだ、花束はベンチに置いておこう。朝食を抜いたので、少しお腹がすいてきた。通りを少し行ったところに移動販売車が停まっている。そこからなら、コーヒーと焼き菓子を待つあいだもアパートの一部が見える。ただ、正面入口は見えず、朝食を抱えてベンチに戻るまで気が気ではなかった。

十時になり、十一時になった。昨夜は女性を、今朝は少年を見かけた四階をずっと見ているが、あれきり誰も現れず、それ以外の住人の姿もない。ひょっとしてわたしがコーヒーを買っているあいだに出かけたのだろうか。やはりここを離れなければよかった。いや待て、どうせここに座って気持ちのいい天気を楽しむほかにすることはないし、もし目を離したあいだに出ていったのなら、そのうち戻ってくるはずだ。太陽もときおり顔を出している。わたしの勘違いでなければ、じきにこの広場にも陽が射しはじめるだろう。

楽観的であることと自分を欺くことは別物だ。アパートの窓を見あげる時間が長くなればなるほど、何か悪いことが起こったのではないかという考えから目をそむけるのが難しくなってくる。ミコのメッセージのなかに、回復しているという言葉はどこにもなかったし、どんなに彼女が強がって〝あきれるほど弱って、ぐうたらになった〟と書こうとも、ウイルスが彼女に牙をむいたのはまぎれもない事実だ。

来るのが遅すぎた。こんなにも長い年月のあとでようやく会いに来たのに、ほんの二、三日、遅すぎたのだ。

とつぜん激しい不安にかられ、わたしはさっと立ちあがり、気がつくと通りを渡っていた。ふたたびドアホンを鳴らし、待ち、沈黙に耳を澄ます。

沈黙にはいくつもの種類がある。その多くは心を落ち着かせてくれる。ときには期待に満ちた沈黙もある。だがこれは、祖母の葬儀が終わってアイスランドからロンドンに戻り、空っぽで誰もいない〈ニッポン〉でわたしを出迎えたのと同じ沈黙だ。死んだような静けさだ。

ふたたびベンチに座り、花束を手に取る。なんとなくしぼみ、今朝、花を減らしたときに完成したと思えた調和を失っていた。太陽の熱でしおれはじめたかのようだ。

世界はパンデミックのただなかにある。わたしは自分のレストランを閉め、地球の半分を旅してきた。なんのために？　一度も存在しなかったものを取り戻すため？　自分を慰めるため

——これまでの人生を正当化してくれる何かを探すためか？

陽射しが少しずつ広場に伸び、もう少しでベンチに届こうとしたとき、一人の女性が通りを渡ってアパートの入口のほうに歩いてゆくのに気づく。淡い色のコートを羽織り、ショッピングカートを引いている。急ぐ様子はなく、足を止めて携帯を見やり、ポケットの鍵を探している。わたしは勢いよく立ちあがり、駆け足で通りを渡る。

女性がドアを開けきる前に駆け寄ると、彼女はちょっと驚き、わたしはあわてて謝る。マスクをつけて話すのは妙な気分だ——声は低く、少しくぐもっている——が、はずすわけにはいかない。女性もマスクをつけ、その目には警戒というより好奇心が浮かんでいる。

わたしは訪問の目的を伝える。最初は英語で、だが、通じないようなので、紙切れを取り出し、下手な日本語でナカムラ・ミコを探していると伝える。女性は無言でわたしを見つめ、わたしが手にした紙を見る。それから英語でこう言った。「お名前は？」

わたしは名乗り、女性が眉をひそめるのを見てポケットからペンを取り出し、紙に書きつける。

「お名前は聞こえました」

わたしはペンをポケットに戻してたずねる。「彼女をご存じですか？」

女性は答えず、わたしが持った花束に目をやる。

「水がほしいようです」わたしは答える。

前奏、祈り、讃美歌《さんびか》、聖書の言葉。独唱、ゴスペル。賛辞――クララ・ヨウンスドッティルは一八八五年五月十四日、クヴァンムル牧場にてこの世に生を享《う》け……。

わたしは牧師の言葉に集中しようとしたが、気は散るばかりだった。「クララは心の広い女主人でした。孫たちはハウヴァトラガータの祖母を訪ねるのが大好きで、そこではしばしばホイップクリームつきのパンケーキとホットチョコレートが待っていて……」牧師はドナルドダックの漫画のこと、祖母が取り組んだ慈善活動のこと、一九五一年に妹の住むノルウェーに旅したことを語った。針仕事のこと、歌うのが好きだったこと……。だがわたしはミコのことを考えていた。どんなに止めようとしても彼女のことが次から次に頭に浮かんだ。何かを考えこんでいる表情。二人で雨に降られたバースでの週末。なぜタカハシさんに二人のことを知られてはいけないのかとたずねたとき、彼女が掛け布団の下で手をすべらせてわたしを握り、目を閉じさせなかった夜のこと。そんな、あのときやこのとき。

自分が恥ずかしくなり、頭から離れないそんな場面を押しやって、祖母のことに意識を集中させた。孫のわたしからすれば全身全霊で彼女を讃《たた》え、いかに多くのものをわたしたちにあたえてくれたかという牧師の言葉に大きくうなずきこそすれ、こんな不謹慎な態度で葬儀に臨んでいい理由はどこにもなかった。

一刻も早くアイスランドを離れたかった。両親はそんなわたしの落ち着かない様子に気づき、母が「どうかしたの?」とたずねた。

「いや、なんでもない」

父はムンディとわたしに、すでに祖母が売ると決めていたハウヴァトラガータのアパートを引き払うのを手伝ってほしいと言った。ついては、土曜日に予約していたロンドンに戻る便を週明けに延ばしてくれと。拒めるはずもないのに、わたしはあやうく、どうしても帰らざるをえないような口実を口にしそうになった。

作業は順調に進んだ。わたしは早く終わらせようとやっきになり、それがムンディの癇《かん》にさわった。「急ぐ用事でもあるのか?」ムンディは言ったが、彼と父親の両方の気持ちを代弁していたのは明らかだった。だが父は無言で、わたしがドナルドダックの漫画を捨てたのに気づいたとき、ひとこと言っただけだ。うっかりゴミ箱に入れたとわたしが正直に答えると、一瞬、父は知らない者を見るような目でわたしを見て作業に戻った。帰国してから十二日後、バス停で見送る父と母は心配そうだったが、できるだけそれを見せまいとしていた。

翌朝、ミコが働く研究室の建物の外で彼女を待った。いつもぎりぎりに来るのは知っていたが、会うのが待ちきれず、早起きして八時四十分ごろに着いた。

九時半を過ぎてもミコは現れず、その日は仕事が早く始まったのだろうと思った。もちろんがっかりはしたが、すぐまた会えると思っていた。その日の遅く、彼女が仕事を終えて出てくるはずの時間にもういちど足を運び、またもや会えなかったあとでさえも。

祖母が亡くなる前、ミセス・エリスにキッチンの食器棚の扉を修理すると約束していた。蝶番《ちょうつがい》と引手《ひきて》が何ヵ所かゆるんでいた。難しい修理ではなかったが、作業は真夜中までかかった。寝る前に目覚ましをかけ、翌朝の八時には昨日と同じ場所でミコを待った。

結果がどうだったかは言うまでもない。実際、何十年ものあいだあの日を思い返してきたが、研究室の外で待った時間を思い出すことはほとんどなかった。それはほんの始まりの、なんということはない、あたりに響く和音のようなもので、何か重大なことの前触れとはとても思えなかった。ましてや〈ニッポン〉に着いたわたしを待ち受けていた、耳を聾《ろう》するほどの、そしてそれ以来わたしの耳で鳴りつづけている沈黙の前奏とはとうてい思えなかったからだ。

その朝なぜ店に行ったのかはわからない。ミコが二日続けて研究室に現れないのはどう考えても変だと思いつつ、まだ心配はしていなかった。そのときのわたしは、ミコが誰かの代わりに店の仕事に入ったと思ったのかもしれないし、休暇は翌日まであるのに、厨房が恋しくてちょっと寄ってみたかったのかもしれない。留守のあいだにタカハシさんが壺に俳句を入れたかどうか見てみたかったのかもしれない。

それくらいのんきだったから、ドアに**閉店**の札がかかっているのを見たときはなんのことかわからなかった。ランチタイムまで？　今週ずっと？　来月まで？　この札が掃除道具入れにあるのは知っていた。でも、ドアにかかっているのを見たことは一度もない。店の鍵は持っていなかったが、思わず取っ手を動かした。ドアはびくともしなかった。窓からなかをのぞくと、最初はいつもと何ひとつ変わらないように見えた。テーブルも椅子もあるべき場所にあり、フロントデスクも、ドア横のレールにかかったハンガーもいつもどおりだ。そこでふと壺がないのに気づいた。さらに顔を近づけ、朝の光をさえぎるように丸くした手を目の横に当てがい、冷たいガラスに顔を押しつけたとき、備品と家具以外のすべてが消えているのが見えた。カウンター席の奥の棚はどれも空っぽで、瓶もグラスも消え、壁の絵は一枚もない。

どんなにがんばっても、どんなに長い時間、頭をひねり、壁にぶつけ、夜の静けさのなかで必死に記憶を探り、昼の日中《ひなか》に頭のなかをひっかきまわしてみても、そのあとの数秒数分はおろか、十五分間のことさえ何ひとつ思い出せない。イメージの切れ端ひとつ、こだまのひとつすら。何ひとつ。次におぼえているのは、悪夢から必死で逃げるかのように、汗だくで、息を切らし、へとへとになりながら家まで鍵を取りに走ったことだ。

ようやく〈ニッポン〉のドアの鍵を開け、薄暗がりのなかに足を踏み入れたとたん、わたしはとてつもない空虚さに圧倒され、壁にぶつかったような気がした。すべてが消えていた、厨房からも、カウンターからも、パントリーからも、洗面所からも、動かせるものすべてが、ここで何年も生活の大半を過ごした人たちの痕跡のすべてが消えていた。しばらくなかを歩きまわった。頭のなかが空っぽで、感覚は麻痺《まひ》し、食器棚や引き出しのなかを見る気力もなく、すぐにあきらめ、ただ呆然《ぼうぜん》と厨房のなかに立ちつくした。いつも働いていた調理台の上に残された包丁を持ったまま。

　書き置きはなかった。その必要はなかった。調理台の真ん中に、刃の部分がふきんで包まれ、柄《え》が突き出た状態で置かれた包丁それ自体が書き置きだった。その横にはタカハシさんからの、わたしに対する未払いぶんの給料の入った封筒が置いてあった。あまりの衝撃にとても受け入れられなかったけれど、わたしはその日、彼らに会うことは二度とないとわかっていたような気がする。


　嵐は船の航路をそらし、波は岸に流木を打ちあげる。次の日が訪れ、夜が来て終わる。秋が訪れ、冬が来る。自然は淡々とめぐり、夜のしじまのなか、月は漆黒の髪を照らす——それから何十年も記憶のなかで輝く銀色の筋を残して。

　あのときわたしは二十三歳で、ミコがいなくなったときは知り合ってほんの数カ月しかたっていなかった。人生は始まったばかりで、それが未踏の道であろうと定められた道であろうと、自分で切り拓《ひら》いていると信じていた。わたしは大学をやめることで因習や常識に反抗した、自立した男だった。海に出て、甲板に立ち、この世界が始まる前にあたりを支配していた静寂の名残かと思うほどの、完璧な静けさのなかで空を見あげた。髪を伸ばし、ひげを生やし、丸メガネをかけた。小さいころから意志が強く、めったに泣かない子だったと母は言った。

分は時間になり、一瞬は永遠になる。七十五歳になったわたしはベンチに座り、コーヒーと一緒に買った焼き菓子のかけらを二羽の小鳥にやっている。調理台に残された包丁、湯呑み、黒髪を照らす月の光のことを考えている。まるで時が止まったような、過ぎ去った五十年のあいだに何も起こらなかったような気分だ。

わたしが花の状態を詫びても女性は答えず、入口のドアに鍵を差しこんで建物のなかに消えた。ここで待つようには言われなかったが、追い返されもしなかった。期待がふくらむが、期待しすぎてはならない。

見あげる窓は、あいかわらず外の通りで何が起こっていようと関係ないと言いたげに静まりかえっている。どこかの窓の奥で何か動いたような気がするが、それも一瞬だった。四階のキッチンの窓から男性が外を見ている。マスクをつけて。おやと思うが、彼があの少年と、ふきんを持っていた女性を連れてアパートから出てくるのを見て、わたしはすぐに納得した。

ミコとタカハシさんの家を訪ねたことは一度もなかったが、その日の遅く、部屋に寄って包丁を置いてから——さすがに持ち歩くわけにはいかなかった——ハムステッドの小さな通りに向かった。無駄足に終わったものの、同じ建物に住む女性から二人がつい最近引っ越したことを聞き出した。〝三日か四日前〟――それとも五日前だったかしら？　女性の記憶はあいまいで、どこに越したかは知らなかった。

「見たのは男性だけ」女性は言った。「お父さんのほうね。娘さんは見なかった」

そのときようやく、自分がいかに同僚のことを知らないかに気づいた。それから数日かけてヒトミとゴトウさんを探そうとして、探し出せなかった。ケンジントンに開店したばかりの日本料理店でヒトミに偶然会ったのは、それから数カ月もあとのことだ。前と変わらず親しげだったが、ミコとタカハシさんがいなくなった理由は知らず、おそらく健康の問題ではないかと言った。「タカハシさんはそんなこと、わたしにもゴトウさんにも言わなかったけど。自分のことは決してしゃべらない人だったから」

タカハシさんは彼らを気づかい、数カ月ぶんの給料を払ってくれたとヒトミは言った。「年末までのぶんを。ゴトウさんはそれで日本に帰る航空券を買ったの。まだ戻ってきてないわ。たぶん、もう戻らないんじゃないかな」

「タカハシさんとミコは？」わたしはたずねた。二人の行先を知りませんか？

ヒトミは首を振った。

「日本？」

「タカハシさんはどこに行くかは言わなかった」

「じゃあミコは？　彼女はなんと？」

「最後の数日は顔を見せなかった」ヒトミは言った。「さよならも言えずに悲しかったわ。でも、とにかくあっというまだったから」

そのあとも何かしら聞き出そうとしたが、ヒトミが知っているのはそれくらいだった。ただ、彼女は何度かこう言った――最後の数日間、タカハシさんはあの人らしくなかった、沈みこんで、妙に弱々しかったと。

「二、三日で何歳も歳を取った気がするとゴトウさんに言ったの」とヒトミ。「急に年寄りになったみたいだった」

「タカハシさんが閉店の準備を始めたのはいつでしたか？」

「あなたがお祖母さんのお葬式でアイスランドに帰ったのはいつだっけ？」ヒトミの問いに、わたしは答えた。

「水曜日ね？」

「ええ」

「話を聞かされたのは木曜日だったと思う。その次の土曜が最後の営業日だった」

「その日、ミコは店に？」

「いいえ、ゴトウさんと、あなたの代わりに入った人だけ。タカハシさんはすでにスティーヴには知らせていたから」

常連客はさよならを言いに来ましたか？

「いいえ。タカハシさんは閉店のことを誰にも言わなかったの」

それからもあれこれたずねたが、ヒトミから聞き出せることはもうなかった。午後も遅い時間で、わたしは彼女が休憩を取るまで待っていた。別れる前に、もし何かわかったら知らせてほしいと頼んだ。わたしはそのころコヴェント・ガーデン近くのレストランで働いていて、店の名前を紙切れに書いて渡した。

「わかるとは思えないけど」そう言ってからヒトミはたずねた。「給料は払ってもらった？」

ええ、払ってもらいました――わたしは答えた。


花束はすっかりしおれた。もう捨てたほうがいいかもしれない。いや、まあ待て。もっと哀れな状態の切り花が水を吸ったとたん元気になったのを見たことがある。わたしはベンチに座り、右側に置いた花束を太陽が当たる左側に移した。陽射しで生き返るとは思えないが、光が当たればせめて色は冴える。

花束の位置を変えてふたたび目をあげると、さっきの女性が通りをはさんだアパートの入口でこちらに手を振っていた。その身ぶりからして、少なくとも数分前からそうしていたらしく、しびれを切らしているようだ。わたしはあわてて立ちあがり、あやうく花束を忘れそうになって拾いあげ、女性のもとへ急ぐ。

《ザ・ガーディアン》紙でその記事を見つけたあとも、ヒバクシャという言葉と、ミコとタカハシさんがいなくなったことは結びつかなかった。あれは十月半ばだった。わたしは記事を切り抜き、何度も読み返したあと、なぜタカハシさんが故国を捨てて荷物を詰め、幼いミコを連れて、言葉もわからない見ず知らずの国へ行ったのかがわかった気がした。

筆者はグラハム・タッカーという若手ジャーナリストで、前にもウッドストック音楽祭やニール・アームストロングと数人の宇宙飛行士による月面着陸について生き生きとした、独自の文体で書いた記事が印象に残っていた。記事を書くきっかけはハンブルグ在住の医師（タッカーがハンブルグで何をしていたのかはおぼえていない）へのインタビューで、その医師は日本の——主に広島と長崎にある——国際機関で働き、原子爆弾が生存者の健康にどんな影響をもたらしたかを研究していた。

ヒバクシャ。この言葉は記事の早い段階から登場した。タッカーはこの言葉で呼ばれた人たちについて簡潔に説明し、彼らを苦しめた傷や病気について述べたあと、ヒバクシャが自国で耐えなければならなかった偏見に焦点を当てていた。彼らのほとんどは仮名《かめい》だったが、原爆が落ちた日のこと、その数日後、数週間後の様子、そして同情がゆっくりと偏見に変わっていったさまを語っていた。人々は彼らをまるで感染病患者のように見なしはじめた。子どもたちは学校に通えず、結婚するはずだった男女は相手がヒバクシャと知ると婚約を解消し、ある者は職を失い、ある者は家を借りられなかった。東京のある店主は一人の客に出身地を知られて噂《うわさ》が広まり、廃業に追いこまれた。原爆投下から二十年近くがたってもなお。彼らの多くが過去を隠し、故郷を離れ、一からやり直した。

とくに興味を引かれたのは、爆弾が落ちたときに妊娠中で、広島に住んでいた女性のインタビュー記事だ。彼女は、軽い放射線中毒以外は無傷で、四ヵ月後に元気な男児を生んだ。それでも母と息子はのけ者にされた。息子が一歳になるのを待って母と子は故郷を離れた。行先は伏せられていた。母親は名前を変え、すでに成人した息子には今も過去のことは話していない。これから話すとも思えない――女性はそう語っていた。

〝それでもあたしはやっぱりヒバクシャなの〟バースでの夜、ミコはそう言った。それがどういう意味だったか、いまようやくわかった。

過去に光が当たっただけとはいえ、いくつか謎が解けた気がした。タカハシさんは目的を果たしたのだ。偏見を逃れ、自分とミコのために新しい、よりよい生活を築いた。二人が過去の犠牲になったことは疑いようもなかった。とりわけタカハシさんはその重荷を誰とも分かち合えず、ひとりで背負わざるをえなかった――あのころ、いまで言うような支援機関があったとしても、彼が頼ったとは思えない。

それでも、記事を読んだあとは――少なくともしばらくのあいだは――希望が湧いた。そんなことがあった日本に二人が戻ったとはまず考えられない。そこで、前にミコの口から聞いたことのあるイギリスの町を探しはじめた。たとえばデヴォン州の小さな町――ウーラクーム、サルクーム、トーキー。彼女が幼いとき、短い夏休みにタカハシさんが連れていってくれたというブリストル、バーミンガム、スコットランドのエディンバラ。わたしが祖母の葬儀でアイスランドに帰った週末、ミコとタカハシさんが知り合いを訪ねると言っていたブライトンは言うまでもない。

それから数週間と数カ月をかけて、それらすべての場所に行ってみた。最初はブライトン、次にブリストルとバーミンガム、そしてエディンバラ、最後にデヴォン州の海岸沿いの町を訪れた。そうして、わたしの探索の旅は十月のある日曜日に終わった。観光客の姿はとうになく、海辺は閑散として、海から冷たい風が吹いていた。冬のリゾート海岸ほどわびしいものはない。灰色の空がどこまでも広がり、ときおりカモメの鳴き声と風のうなりが聞こえるだけで、あたりは静まり返っていた。楽しかった日々は終わり、暖かい季節の訪れはあまりに遠すぎて、考えるとかえって気が滅入《めい》った。窓に板を打ちつけた白しっくい塗りのレストランの外に立って海をながめ、遠くを行く一隻のコンテナ船がゆっくりと遠ざかるのを見ているうちに雨が降ってきた。わたしは急いで立ち去りもせず、船が雨と霧にのみこまれて見えなくなるまでじっと立っていた。船が消えるころには、全身が濡れそぼっていた。

翌年の春まで、コヴェントガーデンにあるレストランの厨房助手として働いた。エスカルゴ、クロックムッシュ、コック・オ・ヴァン、ブイヤベース、ブフ・ブールギニョン——メニューからわかるように、シェフはフランス人で、腕は悪くなかったが、だらしなく、いい加減だった。わたしは誰にも心を開かなかった。いずれにせよ、心はどこか別の場所にあった。
人付き合いはほとんどしなかったが、ミコから何か聞いてはいないかと、友人のエリザベスとは連絡を取りつづけた。彼女にもミコからは音沙汰がなく、わたしと同じように、二人が突然いなくなって驚いたと言った。愚かにも最初は彼女を疑った。失礼な話だが、そうせずにはいられないほどわたしは追いつめられていた。

たまに〈ニッポン〉に寄ってみた。たいていは夜に。ロンドンを去ってアイスランドに帰国すると決めてからも新しい賃借人が入りそうな気配はなく、店は空っぽのままだった。一度か二度、ハムステッドの家にも行ってみたが、かえって落ちこむだけだった。

そしてついにあきらめた。両親がどうもわたしの様子が変だと気づき、父が〝ロンドンへ行く〟と言いだしたのを機に帰国を決意した。フランス料理店をやめ、ミセス・エリスの下宿を引き払い、本と身のまわり品をひとつの箱に詰め、一九七〇年六月四日——母の誕生日——にアイスランド行きの飛行機に乗った。

その日は地平線に雲ひとつない快晴だった。ちょうど去年のいまごろ、わたしはミコのために朝食を作り、初めて彼女を腕に抱き、きつく抱きしめた。街が遠ざかり、家並みが小さくなって灰色の広がりに溶け、川が消えるのを見つめた。ここは、わたしたちがほんの数カ月を一緒に過ごした場所、存在することすら知らなかった幸せを知った場所だ——痛いほどの幸せと、そして哀しみを。

たぶんそのときのわたしは、この街とも、それにまつわるすべてとも決別したと信じていた。時がたてばやり直せると思っていた。けれどもミコは、箱に詰めた本や、機上でも肌身離さず、今朝もキッチンのテーブルに置いてきた湯呑みのようにわたしから離れなかった。ロンドンの街とその記憶、喜び、哀しみ、怒り——そしてこの長い年月のあいだ目の前に立ちはだかりつづけた愛と同じように。

女性はドアを半開きにして待っている。なかに入れてくれるようだ。と思いきや、彼女は向かいの歩道に立つわたしに〝動かないで〟と言い、携帯をかかげてあっと思うまもなくわたしの写真を撮った。

「ここで待っていて」そう言って彼女は後ろ手にドアを閉めた。

一瞬、立ちつくすが、さほど考えるまはなかった。期待の波が全身をかけめぐっていた。それはみぞおちのあたりから湧きおこり、腕から指先に流れこみ、頭の奥深くまで届いた。ミコだ——わたしは自分に向かって言う——これはミコのアイデアだ。こんなことを思いつくのは彼女しかいない。

女性は五分もせずに戻ってくる。今度はわたしをなかに招き入れるが、ドアを閉めても階段には向かわず、通路で立ちどまって、こう告げる。「ナカムラさんは病気です」

知っています。

「昨日、退院したばかり」

「また入院していたのですか?」

「ええ、かなり具合が悪くて」

「それでいまは?」

「とても疲れています」

「でも、病状は悪くない?」

彼女は答えず、ようやく階段をのぼりはじめる。何も言わないが、わたしがついてくると思っている。肩ごしに振り返りもせず、ゆっくりとのぼってゆく。足取りは妙に軽く、つま先で歩いているかのようで、じれったいほどゆっくりのぼり、やっと二階に着く。そこで彼女は足を止め、狭い通路を指さす。突き当たりのドアが少し開き、外に椅子が置いてある。「あそこに座って」と彼女が言う。

「え?」

「電話では話したくないって」

女性は立ち去り、わたしは一階のドアが閉まる音が聞こえるのを待つ。それから深い静けさのなか、ようやく通路を一歩ずつ進む。天井の明かりはついていないが、ドアの隙間からかすかに陽光が洩れている。

椅子まで一、二メートルのところで足を止める。歩数にすればほんの三、四歩だが、ふいにその距離が大きな裂け目のように思え、進む勇気が出ない。だがそれも一瞬で、わたしはこの数日、日増しに大きくなっていた絶望の声を、あらゆる機会をとらえて容赦なく響いていた声をゆっくりと黙らせる。少しずつ靴から視線をあげ、最初に左足、次に右足を動かし、小さな歩幅で明確なゴールを目指す。白いキッチン椅子はドアの隙間ではなく、ロンドンの――正確にはウェストミンスターの――写真がかかった白い壁が見えるような角度に置いてある。

腰をおろし、写真を見ながら、部屋のなかから聞こえる音に耳を澄ます。何も聞こえない、咳ひとつ、ため息ひとつ、ましてや足音はせず、聞こえるのは頭のなかのシューッという音だけだ。わたしはそわそわし、ついに沈黙に耐えきれず呼びかける。「ミコ？」

彼女の名前が一瞬、反響し、ふたたび狭い通路は静まり返る。だが、深い沈黙はドアの向こう側から聞こえる声で途切れた。「ひげのないあなたを見たのは初めて」

驚きのあまり、わたしは言葉を失う。彼女の声がまるで自分のなかから、自分の頭のなかから、この五十年間わたしが聞いてきた場所から聞こえる気がした。そして、その声があまりに変わっていないことに愕然《がくぜん》とする。低くなっても、かすれてもおらず、あのからかうような響きも、一瞬でこの胸のどこかをときめかせる魅力も変わらない。とはいえ、記憶のなかの声よりも弱く、どんなに隠そうとしても少しはかなげだ。

「とうの昔に剃り落とした」

そう答えてから、自分にまったく心構えができていないことに気づく。もし再会できたら彼女になんと言うか、考えたこともなかった。頭のなかで言葉を並べてみたことも、ましてや紙に書いたことなど――そうしてもよかったのに――一度もなかった。

「たしか四十年前」わたしは言葉を継いだ。「そのころはもう剃りはじめていた」

沈黙。

「いい人生だった、クリストファー？」

どきっとした。質問の内容に、というより、ミコに名前を呼ばれたことに。

「悪くはなかった」わたしは答える。

「すぐにあなただとわかった」ミコが早口で言う。「ケイコさんが撮った写真を見て。ハシモトさん……。写真はあまり上手じゃないけど」

「どうして？」

「あなたより道路のほうがたくさん写ってる」

「あわてて撮ったから」

「あなたがどんなふうか見たかった」

「わたしは少しも変わらない」目の前に小さく笑うミコが見える。

「どこに泊まってるの？」

わたしが答えると、ミコはアパートの部屋についてたずねる。わたしは、ほどよい広さで、明るく、清潔だと答える。「必要なものはなんでもそろっている。しかも歩いてすぐそこだ」

沈黙。

「一度あなたに手紙を書いた。住所まで調べて、でも郵便局に着いたら気持ちがくじけた」

「ミコ、急がなくてもいい……」

「医者はあたしが死ぬと思った。そうでなければあなたをわずらわせはしなかった」

「わずらわされてなどいない」

「医者の言うことは信用ならないものね」

「まったくだ」

沈黙。

「クリストファー」

「うん……」

「ゆるして」

「何をそんな……」

「ゆるして」

沈黙。

「きみに花を買った」

「写真で見た。ケイコさんが教えてくれた」

「彼女は気に入らなかったようだ」

「もう感染の心配はないと医者は言うけど、本当かどうかわからない」

「花を水に浸《つ》けたほうがよさそうだ」

ミコは答えないが、ドアの隙間から白い壁に射しこむ光で動いているのが見える。

わたしは立ちあがる。「ミコ？」

「ええ……」

わたしは椅子を持ちあげ、脇に動かす。シャツをなでつけ、花束を右手から左手に持ち替え、ドアノブを握る。

ゆっくりとドアを押し開ける。おずおずと、ミコに止められるのを予想しながら、もういちどノブをつかむ。

ミコが戸口に立っている――わたしのと同じ椅子に座っていたが、いまはそれを脇に押しのけて。昼の光が背後の窓ごしに射しこみ、彼女をまぶしく包みこんでいる。

一瞬、わたしたちは見つめ合う。それからわたしは二人をへだてる数歩の距離を詰め、ミコを両腕で包みこみ、昔と同じように抱き寄せる。ミコもわたしに腕をまわす。

言葉はない。ミコもわたしも。気づくと両の頬を涙が伝っていた。涙をぬぐおうとは思わない。彼女を離したくなくて。わたしはこの三日で二度泣いた。自分がまだ泣けるとは思わなかった。

どのくらいそうやって立っていたのかわからない。やがてゆっくりと腕をほどき、たがいに頬の涙をぬぐい、そしてほほえむ。

わたしは、知らぬまに床に落としていた花束をかがんで拾いあげる。

「花を助けてあげなきゃ」ミコが言い、わたしたちは手を取り合い、陽の当たる部屋へ歩いてゆく。

ここには見るべき場所がたくさんある。平和記念公園、平和記念資料館、広島城、宮島の買い物エリア、寺院、銅像。夜になると城と嚴島《いつくしま》神社がライトアップされる。水のなかに立つ神社は穏やかな春の波に浮かんでいるようだ。絶景として知られ、日没後には多くの人が――老いも若きも――平穏と静けさを求めて集まってくる。おそらく、その静謐《せいひつ》さを胸に取りこみ、できるだけ長く心にとどめたくて。

ミコから熱心に勧められ、どこへ行くにも近いのに、わたしはまだどこも訪れていない。早起きして、シャワーを浴び、ひげを剃って彼女のアパートへ向かい、二人ぶんの朝食を作る。行きがけに食料品店やパン屋に寄ることもあれば、寄らないときもある。コーヒーを淹《い》れ、お茶を淹れる。

広島に来て一週間が過ぎた。ミコはなおも眠っている時間が長いが、前よりは少なくなった。今朝は二人でトランプをした。昨夜はミコが選んだ日本のジャズのレコードをプレイヤーに載せ、二人でソファに座って聴いた。手を握り合って。本棚脇の小テーブルの上でランプが灯っていた。

わたしの訪問のあと、ミコはぐったりしていた。こんな状態で、よく起きあがり、ドア脇の椅子に座り、わたしがドアを押し開けてなかに入るまで話ができたものだと思えるほどに。キッチンに入ると、ミコは花瓶のある場所を教えた。わたしが花瓶に水を張るあいだ、ミコはキッチンテーブルに寄りかかり、座るのに手を貸してと言った。ささえなければ座るのもつらそうだった。すぐに寝室へ連れてゆき、その日ミコはずっと眠ったままだった。翌日も一日の大半を眠っていた。

最初の数日はほとんどしゃべらなかった。話すときは熱に浮かされているようだった。それでもときおり元気づき、そんなときは昔のミコがかいまみえた。

回復するにつれて、ここ数日はそんな時間も増えてきた。ハシモトさんは毎日やってきて回復ぶりにうなずき、わたしがいてもあまり気にならなくなったようだ。最初は、ミコの体力が落ちたのはわたしのせいで、わたしが来たことで状態が悪くなったと言っていた。

〝状態が悪くなった〟――たしかに彼女はそう言った。

いまでは態度が変わった。わたしにも打ち解け、立ち寄ると、しばらくおしゃべりさえするようになった。彼女はミコと出会ったときのことや、同じ学校で英語を教えていた話をした。

「英語課で一緒だったの」彼女は言った。「ミコとわたし。二十八年間」

ハシモトさんはたぶんミコより少し年下で、独身。近所で犬と暮らしている。十歳のオスで、名前はハムレット。

最初の数日は居間で寝た。最初に訪ねた日の翌朝、わたしが玄関に出ると、ハシモトさんは少し驚き、いぶかしげにわたしを見た。だが、ミコがとてもつらそうだと告げると、わたしのことはそっちのけですぐさまミコの寝室へ行き、かなりの時間そばについていた。部屋から出て来た彼女に、わたしは医者を呼ばないでいいだろうかとたずねた。

翌日、ハシモトさんは医者を呼んだ。そのあいだにわたしは部屋へ戻り、急いでシャワーを浴びて服を着替えた。ミコのアパートに戻ったときは、医者は帰ったあとだった。

「回復にはしばらくかかるそうよ」ハシモトさんは言った。「多くの人がそうみたい。命があるだけ運がいいわ」

昨日はハシモトさんと一緒に買い物に行った。わたしが来るまでは彼女が料理をしていたが、わたしにまかせていいと思ったようだ。そのことを頭に置きながら、三日目の晩、ハシモトさんを夕食に招待した。彼女はミコの食事をベッドまで運び、わたしとキッチンテーブルについた。食事を楽しんでくれたようだ。

ミコがわたしたちのことをどんなふうに話したのかはわからない。ハシモトさんは何も言わず、わたしもきかなかった。その晩、夕食をとりながら、彼女はわたしを初めて見るかのようにしげしげと見つめ、ふいに言った――「つまりあなたがあの……」

それだけだった。

たまにミコに呼ばれ、部屋に入ると、眠っていることがあった。夜でも昼でも時間に関係なく。一度、彼女はこう言った――〝呉に行きましょう〟そのときは夢現《ゆめうつつ》だったようだ。

あのときのことはまだ話していない。ミコは何度か切り出そうとしたが、いかにもつらそうな様子を見るたびに、わたしはまたでいいと声をかけた。「なにも急ぐことはない」

昨晩、リビングで一緒にジャズを聴いていたとき、ミコが話しながら考えを整理しているような気がした。それは言葉だけでなく、文章が途切れがちなところからも感じられた。「ずっと考えていたんだけど――」

わたしはあのときの話を聞く覚悟がまだできておらず、小さく身震いしたが、黙っていた。さいわい、ミコが思っていたのは別のことだった。

「ナカムラさん。彼には悪いことをした」

それ以上、言う必要はなかった。インガのことが喉元まで出かかったが、のみこんだ。

「わたしと同じ、教師だった」ミコは続けた。「数学を教えていた。とても几帳面《きちょうめん》な人よ」

わたしはハッとした。「いまも健在か?」

「そう、離婚したの」

ミコが夫のことをフェイスブックになんと書いていたか思い出そうとしたが、はっきりとおぼえているのは、子どもがいなかったということだけだ。あとから調べてみると、それ以外の言及はなかった。わたしが勝手に、もう亡くなったと思いこんでいただけだ。

ミコがソファの上で彼について言ったのはそれだけだった。わたしは立ちあがってレコードの面を変えた。レコード針をあげてはおろし、それが溝を動いてゆくのを見るのは楽しかった。古いレコードプレイヤーを処分してからずいぶんになる。

その夜、おやすみを言いに彼女の寝室に入ると、ミコはまたしても別れた夫のことを口にした。明かりはすでに消え、わたしは部屋を出ようとしていた。

「ナカムラさんはいい人よ」ミコはつぶやくように言った。「九七年に別れたの。父が死んでひと月後に」

話はそれだけで、わたしは部屋を出てドアを閉めた。

初めてここに来た日、ミコにタカハシさんのことをたずねた。彼女は多くは語らず、亡くなってから二十年以上になるとだけ言った。それからミコは、まだ話していないことがたくさんあるとでも言いたげにわたしを見た。

リビングのサイドボードの上に、額に入ったタカハシさんの写真がある。海の近くで撮られたもので、背景に港に係留された小船が数隻、写っている。太陽は低く、金色の光は小船に当たり、タカハシさん自身は少し陰になっている。たぶんそのせいだろう、写真の彼はやけに小さく見え、ずっと頭のなかに描いてきたタカハシさんと同じ人とはとても思えなかった。

昨日、フェイスブックでソニヤに長いメッセージを送った。いま住んでいるアパートのこと、この街で見たもの、まだ見ていないもの、ここに来てからずっと晴天に恵まれていること、いまが満開の桜のこと。とくに平和記念資料館については、昨日ようやく訪れて以来ずっと考えつづけていると書いた。書いたあとで、見たことを詳しく書きすぎたと気づき、送信ボタンを押す前に修正した。結局、原子爆弾とその影響に関する一般的な――一般的すぎて何も伝わらないような――感想にとどめた。

〝ともかく元気だ〟わたしは続けた。〝ここはいいところだ。人々は親切で、思いやりがある。少し日本語を覚えたいが、なかなか進歩しない。毎日忙しく……〟

ソニヤにはここに来た理由を何かしら話すつもりだったが、ふさわしい言葉が見つからなかった。友人たちについて触れては、また消した。結局、ヴィッリとアクセルは元気かとたずね、よろしくとだけ書いた。

インガが息を引き取ったとき、ソニヤもわたしもそばにいた。夜の十一時を過ぎていた。数日前からしだいに衰弱し、看護師たちはいつ亡くなってもおかしくないと思っていた。本人は大量の薬をあたえられ、ほぼ意識がなかった。

最後の息を吸う直前、インガはつかのま意識を取り戻した。はっきりとはわからないが、たぶん一分間くらいだったと思う。彼女は何かささやいたが、よく聞き取れなかった。ソニヤが顔を近づけた。「あなたをとても誇りに思う」インガは苦しげにそう言った。

わたしはソニヤを押しのけないよう気づかいながら顔を寄せた。ソニヤはずっと泣いていた。インガがわたしを見た。目を開けているのもつらそうだったが、笑おうとしているのはわかった。「あなたは最善を尽くした」インガが言ったのはそれだけだった。

半分は意識がなかったから、あのときの言葉を深く考えても意味がない——まったくこのとおりではなかったが、わたしはソニヤにそんなふうに言った。いま思えば、あれは逆効果で、ソニヤがあのような棘《とげ》のある追悼記事を書き、その後わたしに対する態度を変えたのはそのせいかもしれない。たぶん悪いのはわたしだ。

フェイスブックでソニヤにメッセージを送るときは、ここに来た理由を話し、何もかも打ち明けようと心から思っていた。いまどんな気分かを話したかった。どんなに幸せかを伝えたかった。でもできなかった。それはソニヤにもインガにも申しわけない。伝えることは決してないだろう。

その日の遅くソニヤから返信があった。すぐに答えられそうな他愛のない質問がいくつか並び、アイスランド政府もウイルス拡大を阻止するべく厳しい制限を加え、入院患者は増えつづけ、マスクと感染防止器具が足りないという噂があると続いていた。クライアントもみな不安がっていると。ソニヤ自身からも不安が伝わり、わたしは少し励ますことにした。

〝驚くことに、まあ考えてみれば不思議はないが〟わたしは返信した。〝原爆が落とされたこの地では、あらゆる記念碑——資料館、公園、記念像、広場——が平和に捧げられている。それがおまえのところまで届かないはずはない〟

それくらいにしておいた。いまの思いを言葉にすると、伝道者ぶっていると思われそうだ。だが、ソニヤの返信はもっと差し迫った事態に移っていて、案じるまでもなかった。

〝集会禁止令が出たの、つまりヴィッツリの誕生会ができないってこと。もちろんヴィッツリはすごくがっかりしてる。あの子がかわいそう〟

ソニヤの言葉に腹も立たず、あいかわらずの誕生日狂ぶりを反射的にぼやきたくもならなかったのは、わたしの心がいかに穏やかであるかを示す目安かもしれない。

それはムンディからいきなりメールが届いたときも変わらなかった。ちょうどひげを剃り終え、今日着る服を選んでいたときだ。いつものように、ぶっきらぼうな文面だった。向こうは真夜中を過ぎたころだ。

〝日に何回、小便する？〟ムンディはそうきいてきた。

バルドゥルにまつわるたわごと以来、初めてのメールだ。わたしとしては、旅行中は相手にしない――間違っても最初に連絡を取る相手にはしないという誓いを守っていた。

〝どれだけ水分を取ったかによる〟わたしは答える。

〝あのバカ医者が座って小便をしろと言う、女みたいに〟いつものようにタイプミスだらけの文が即座に返ってくる。

そんな調子にも腹は立たず、わたしはムンディが――あの横柄な大男が――いつも医者を怖がっていたことを思い出す。〝たまにやらないか？〟

ムンディが面白がったとは思えない。いずれにせよ、すぐに返信はなかった。そのあいだに靴下とズボンをはき、一年前に排尿と前立腺異常についてムンディと交わした会話を思い出す。彼が電話をかけてきたのは店がひどく忙しいときで、なかなか本題に入らないのにしびれを切らし、〝いま手が離せないからあとにしてくれ〟と言わなければならなかった。たしか、あのあとムンディはかけなおしてこなかった。

〝夜はどうだ？〟ムンディから質問が届く。

〝一回〟そう答えて、安心させるために、〝たまに二回〟と付けくわえる。

返信までにしばらくまがあり、次に届いた文章はいつもより丁寧に打ったらしく、タイプミスがひとつもなかった。〝医者が細胞サンプルを採りたいと言っている〟

わたしはできるだけ前向きに、医者というのは念には念を入れたがるものだと言って安心させる。〝いちおう調べるだけだ〟

〝新しい医者だ〟とムンディ。〝前の医者はサンプルなんか一度も採らなかった〟

ムンディは前の医者を非難しているのではなく、むしろ新しい医者は何をやっているかわかっていないと言いたいようだ。だが、わたしには彼の不安が感じられ、ふと同情心が湧いた。高齢者住宅で独り、ラジオを聴くかソリティアをするかしかなかった仲間は退屈のあまり死に、船に乗っていた日々ははるか遠く、かつては船員たちをまとめ、男からも女からも尊敬されていたのが、今では過去の青白い亡霊となった体に行なわれる検査や処置のほかに楽しみもない。

〝座ってしたほうが膀胱《ぼうこう》が空《から》になりやすいらしい〟わたしは慰めるためだけにそう返す。〝おれもやってみる〟

そこで会話は尽きる。わたしはシャツを着て窓を開け、部屋に空気を入れる。この部屋がすっかり気に入り、今日はあとで家主に連絡するつもりだ。いまの状況で近々、契約の申込みが殺到するとは思えないが、いちおう確かめておきたい。ムンディに言ったように、念には念を入れて。

バルドゥルにも電話してみよう。まずはフリッシと話し、あの場所をバルドゥルに貸すことをどう思うか探ってみる。もちろん、バルドゥルについてはわたしが太鼓判を押す。彼がレストラン経営の重圧と緊張に耐えられるかという不安はぬぐえない。だが、バルドゥルも立派な大人だし、彼の将来を邪魔したくはない。備品と内装はそのまま使えばいい。

家を出る前にマスクをつけ、窓を閉め、太陽が出てから室内が暑くなりすぎないようカーテンを引く。ドアに鍵をかけようとして、ミコに箱入りチョコレートを渡していないことを思い出す。取りに戻り、袋に入れる前にしばらくながめる。いまもってどこの山の写真かはわからないが、空港で買ったときよりもずっと親しみを感じる。

「いまが昼間だと想像して――とにかくあたしはそうする――そして二人であなたの部屋にいる。それとも〈ニッポン〉の裏庭か。どちらでもかまわない、どちらの場所にいる場面も思い描いた、あなたの部屋のほうが多かったけど……。あたしたちは二人きりで、あなたは父のことをたずねる。あたしは答える。話題を変えたりしない。泣きもしない。あなたをパントリーに引っぱりこんで答えをはぐらかそうともしない……あなたに真実を話す」

夜も遅い時間、わたしたちはミコのリビングルームに座っている。暗くなっても彼女は明かりをつけたがらない、暗いほうが話しやすいと言って。「急がなくてもいい」わたしは言った。でもミコはしだいに体力を取り戻し、これ以上は待てないと言う。ミコは昔のミコに戻りつつあり、薄暗い部屋に座って話したがっている――ある日の午後遅く、わたしの部屋に足音を忍ばせて入る、あのころの若い二人のように。時間がそこで止まったかのように。

「ここでこの話をするとは思いもしなかった……」

「しなくてもいいんだ」わたしは繰り返す。

ミコはまっすぐ前を見ている。わたしもそうする。両手を膝にのせて。

「あたしのこと、何度も恨んだでしょ？」

わたしは驚いて答える。「いや」

「一度も？」

「ああ。一度も」

「あたしがあなたなら恨んでいたと思う」

街灯の光が窓ごしに射しこむが、二人で座っているソファまでは届かない。車が一台近づき、停車している音が聞こえる。

ミコが話しはじめたとき、その言葉はまるでずっとそこにあったような、沈黙の一部だったような気がした。それがいま、ゆっくりと沈黙から離れてゆく。

「母の身に起こったことを父から初めて聞いたのは、あたしが十歳のときだった。広島のこと。そのときまで父は、過去のことをいっさい話さなかった。あたしが知っていたのは、母はあたしが幼いころに死んで、呉に住んでいたということだけだった。〝父さんもミコもいまではイギリス人だ〟——父はよくそう言った——〝大事なのはそれだけだ〟と。やがて十歳の誕生日が来た。そのとき初めてヒバクシャという言葉を聞いた。

二人でキッチンテーブルの椅子に座っていた。父は日本を離れた理由を話した。偏見のことを。ただ、その言葉は使わなかった――父自身も偏見を信じていたから。父は、あたしのなかに潜み、時間とともに現れるであろう欠陥を恐れていた。おまえは決して子どもを持ってはならない、なぜなら健康な子は生まれないから、父はそう言った。

とても怖かったのをおぼえてる。自分は何か恐ろしい病気を抱えていて、ゆっくり死ぬんだと思った。父はあたしをなだめ、あたしは言いつけにしたがうと誓った。父が泣くのを見たのは、そのときが初めてだった。

その日から、誕生日が来るたびに父は約束を繰り返させた。それ以外に、あたしに取りついた呪いのことはひとことも口にしなかった。生理が始まるまでは。そのときの父は、激しい苦悩にとらわれた男のようだった。あたしは十三歳だった。

最初の数年は父の言いつけも禁止令も関係なかった。でも、やがて思春期に入り、男の子はあたしに関心を持ち、あたしは男の子に興味を持ちはじめた。父は危険を感じ、例の誓いをたびたび口にするようになった――誕生日だけでなく。そんなのんきな時代は終わっていた。父は、あたしがイギリスで〝ふつうの生活〟を送るためにどれだけ犠牲を払ったかを話した。その代償として望むのは、あたしが約束を守ることだけだと。独身で幸せな人生を送る人はたくさんいると父は言った。ヒトミさんもそうだ、彼女はいまの自分にとても満足していると。

大学生になって、原爆とその影響に関する記事をかたっぱしから読んだ。いまのように数は多くはなかったけれど、それでも充分だった。いまも原爆症に苦しむ生存者、火傷を負った人、手脚を失った人、放射線にさらされた人、それ以外のケガに苦しむ人。腫瘍、さまざまな病気、細胞異常について。爆弾が投下されたときに妊娠していた女性の話もあって、そのなかのひとつは暗記するほど何回も読んだ。原爆のあとで流産した四人と、出産した四人のことが書かれていた。早産だった人もいれば、ほぼ予定日どおりだった人もいた。記事を書いた科学者たちは流産の理由を調査し、たとえば、妊娠がどこまで進んでいたかによって違うのかどうか、生まれた子のうち、なぜ二人はずっと病弱で、あとの二人の男児——というか書かれた当時は青年になっていた——は健康なのかについても論じていた。結論は、あたしが安心できるほど断定的ではなかった。未解明な領域があり、長期的な影響についてはさらなる研究が必要だと書いてあった。青年のうち一人は、最近になって甲状腺機能不全が原因と思われる症状を発症したと。

記事の最後に、放射線を浴びた女性に障がい児が生まれる確率が高いのかについての短い一節があった。そこには、証拠はないが可能性は否定できないと書かれていた。時間が証明するのを待つしかない。〝まだ解明できない部分が多くある〟と」

ミコはふっと黙りこんだ。疲れてきたようだ。話す速度が遅くなり、声が小さくなってきた。休んではどうかと言うと、ミコは首を横に振り、水を一杯持ってきてと頼む。

わたしは立ちあがり、暗がりのなか、街灯の光を頼りに手探りでキッチンへ行く。グラスを取り、水を入れて、彼女のそばに戻る。ミコはグラスを両手で持つと、口もとに近づけ、そろそろと、熱い飲み物を飲むように口に含み、飲みこみ、もうひとくち飲んでからグラスを返す。わたしは目の前のテーブルにグラスを置き、腰をおろす。ミコは小さく咳払いし、なおも正面を見ている。わたしもそうするが、今度は彼女の片手を取る。ミコもわたしの手を取る。ミコの手は冷たく湿っている。わたしはその手を温めようとする。

「記事のなかに〝被爆者〟という言葉が出てきた」ミコはふたたび話しだした。「研究者たちは偏見について触れ、たとえば放射線中毒は感染しないこと、それ以外の通念が誤っていることを説明していた。でも、あたしは少しも安心できなかった。子どもを産むリスクについて書かれた言葉だけが頭にのしかかっていた。

それでも記事の内容を父に話すと決めた。〝放射線中毒は感染しない〟——あたしは言った。〝健康な子どもが生まれないという証拠もない。何ひとつ……〟断言できないのはわかっていた。たぶん父もわかっていた。黙って話を聞きながら、みるみる父は悲しげな顔になった。あたしは話しつづけた、同じことを何度も何度も繰り返すうちだんだんと自信がなくなり、やがて父はひとことこう言った——〝約束したじゃないか〟

それが、あなたと本屋でばったり会った日。おぼえてる？」

「ああ」

「父と話したのは、あの日の夜だった。翌朝、起きると、父は出かけたあとで、キッチンテーブルに日本の新聞の切り抜きが置いてあった。母親に抱かれる赤ん坊の写真が載っていた。赤ちゃんは片腕がなかった。片方の耳は縮み、ゆがんでいた。しなびた果物みたいに。辞書を引いて見出しの文字を読むと、赤ん坊には知的障がいがあると書かれていた。

父がナルキを呼び出したのをおぼえてる？」

「ああ、でも、それがどうなったのかは知らない」

「父はナルキを探し出した。そしてあの日、あたしが被爆者だと告げた。それで充分だった」

「彼と別れて悲しかった？」

「いいえ、だってもうあなたと出会っていたから」

わたしは彼女の手を握りしめる。

「ゆるして」ミコは言い、わたしが答えるまもなく言葉を継いだ。「あっというまのできごとだった。少なくともあたしの記憶のなかでは。それを思いついたのが電車で家に帰る途中だったのをおぼえてる……。夜で、車内は半分が空席だった。あたしは興奮のあまり、じっと座っていられず、思わずぴょんと立ちあがった。完璧な解決法を見つけたと思った。

父を説得するのは楽ではなかった。でも、最後には同意した。ふたつのうちどちらかを選ばなければならないのなら、娘に約束を守ってくれと願いつづけるより、不妊手術のほうがましだと思った。それでも父はとても心配していた。もちろんあたしも。

トクナカさんをおぼえてる？　常連客の一人だった。あなたが働いていたころ、〈ニッポン〉で誕生会を開いて……」

ああ、おぼえている。

「彼がすべて手配してくれた。手術をしてくれる医者を知っていて」

「ブライトンで？」

「そう」

「それできみたちはあの週末、そこへ……」

ミコはうなずく。

「だから、きみは発つ前に湯呑みを……」

「何か思い出になるものを持っていてほしかった。手術がうまくいかなかったときのために……」

「でもうまくいった」ミコが口をつぐむのを見て、わたしは言葉をはさむ。「週明けの月曜日、タカハシさんに会った」

ミコは答えない。

「きみはブライトンに残ったと、タカハシさんは言った……。何があった？」

出発の直前、急に空が暗くなった。わたしたちはちょうど駅の構内に入ったところで、足を止め、風が通りに沿って雨を押し流してゆくのを窓ごしに見つめた。ミコが腕時計をちらっと見たので、黙って駅の奥に向かって歩きつづけたが、ふいに彼女はわたしを振り返った。「本当に行きたい？」

今朝、彼女の家に着いたときも同じことをきかれ、わたしはそのときと同じように、気持ちは変わらないと答えた。ミコはほっとしたように見えたが、おそらく、わたしと同じように期待と不安が入り交じっているのだろう。

呉までは列車で一時間足らずだ。広島と呉のあいだの景色は期待しないでとミコは言った。両市の郊外が混じり合ったようなもので、遠くにちょっとした空き地が見えても、ほとんどが企業の敷地や建物だと。でも、やがて海も見えてきて、変に聞こえるだろうけど、それにはいつも驚かされるとも言った。

ミコはこの数日でみるみる回復し、本人が言うには、後遺症もずいぶん減っていた。食欲も出て、動作も速くなり、当意即妙の答えも冴えてきた。その瞳と、からかうような笑みに、ときおり昔の輝きも見える。

ミコは〝昔のミコ〟に戻ったのだろうか？　わからない――なぜなら、わたしの心のなかにある彼女のイメージが変わったからだ。それは昨晩のこと、わたしは昔を思い出そうとして、もはやミコをかつてのミコではなく、今のミコとしてしか見ていないのに気づいた。ロンドンの通りを歩くミコは、今週の初めと同じジーンズと青いセーターを着ていた——ひとつにまとめてバレッタで留めた髪と、赤いショルダーバッグがとてもよく合うとわたしが言ったあと、昨日も着ていた服を。そのことにわたしはどきりとした。何かとても大事なものが指と指のあいだからすべり落ちているかのような、記憶があいまいになり、脳みそが記憶をとどめられなくなったような気がして、一瞬パニックにおちいった。だが、しばらくして落ち着いた。過去のことは何ひとつ、起こったことも、交わした言葉も忘れてはいなかった。変わったのはミコだけ——というより、わたしのなかでミコが入れ替わっただけのことだ。

今朝そのことをミコに話した。彼女は旅の準備をし、わたしはキッチンテーブルの椅子に座り、頭のなかでIDカードの番号、銀行口座番号、アイスランドの歴代大統領の名前、〈トルグ〉の前菜メニューをさらっていた。機会があればミコの前で披露するつもりの俳句も。知らぬまに唇を動かしていたらしく、ミコに何をしているのときかれた。見られているとは思わず、このさい、すべてを話すことにした。専門医のこと、彼が行なった検査のこと、わたしの記憶力が低下しつつあると言いたげなこと。そして昨夜、もう自分たちが若かったころのミコとして彼女を見られなくなったのに気づいたことも話した。「かなりショックだった」

「あなた自身はどう見えるの？」ミコがきいた。「昔を思い出すとき……」

考えたこともなかった。いま思い返しても自分の姿はどこにもない。「自分はどこにもいない」わたしは言った。「たぶん、これまで一度も」

ミコは顔を近づけ、額にキスした。「あなたの頭はどこもおかしくないわ。五十年前のあなたと同じ。ただ――」そこで言葉を切った。

「ただ？」

「あごひげがないだけ」ミコはそう言ってほほえんだ。

列車は定刻どおりに到着するだろう。わたしたちが座る最後尾の車両は半分が空席だ。午前十一時ごろで、まだ雨は激しく降っているが、風はやんでいた。

診察室はブライトンの中心部に新しく建ったビルの二階にあった。ほかにもいくつか事務所が入っていたが、土曜日でどこも閉まっていた。タカハシさんは金の入った封筒を医者に渡し、外で待っていた。医者は口数が少なかったが、靴がやけにぴかぴかだと思ったのをおぼえていると、ミコは言った。気分が悪いと告げた彼女に、医者がひどくたじろいだことも。ミコは診療台に横たわったばかりで、なんとか洗面台に間に合った。

医者は吐き気についてたずねた。ミコは不安のせいだと答え、最近たまに朝方、吐くことがあると言った。医者は診察のあと、彼女に外で待つように言い、タカハシさんに、なかで話があると手招きした。医者はドアを閉めた。

話のあと、医者もタカハシさんも無言だった。父と娘は病院を出た。家に帰るまでミコはずっと震えていた。家に着くと、父は娘に真偽を問いただした。彼は動揺していた。誰の子どもなのかはきかれなかった。それでもミコは告げた、それで父の考えが変わるかもしれないという、かすかな望みを抱いて。

「だって父はあなたが大のお気に入りだったから」ミコは言った。「でも何も変わらなかった。言わなくても父は知ってたと思う、でも、そのときも、あとになってからも認めなかった。父はあなたを責めてはいなかった」ミコは続けた。「あたしと父自身を責めていた」

父は娘に家から出ないよう命じ、それから数日はほとんど口をきかなかった。ミコは自分が障がいのある子を身ごもっていると思いこんだ。寝ていることが多くなり、家のなかを幽霊のようにさまよった。そのあいだにタカハシさんはすべてを手配した。

わたしが祖母の葬儀でアイスランドに帰ると告げると、タカハシさんはすぐに行動した。ミコが口出しできる状況ではなく、いずれにせよ父親に逆らう気力はなかった。タカハシさんは〈ニッポン〉を閉め、日本行きの航空券を予約した。どんなことがあったとしても、そこが彼のルーツだった。

わたしがアイスランドに帰らなかったらどうなっていた？　わたしの問いに、ミコは何も変わらなかっただろうと答えた。タカハシさんからすれば、わたしは二人の出発を楽にしただけだった。そこまで話したミコはソファから立ちあがってわたしの手を放し、窓ごしに静かな通りとその向こうの広場を見ていた。

ミコは父を裏切り、彼がもっとも恐れた罪を犯した。それからの数カ月、父はそれ相応の態度で娘に接した。

タカハシさんは呉の北東にある竹原市のはずれに小さな部屋を借りた。二人を知る者は誰もおらず、ミコが誰かに気づかれる心配はなかった。一日の大半を家のなかで過ごし、二人が散歩に出るのは夜になってからで、古い神社の前を過ぎ、港まで歩いた。

ミコは男の子を出産した。タカハシさんはすでに、生まれたらすぐ広島の障がい児施設へ引き取ってもらうよう手配していた。彼は生まれた子が健康だったことが信じられなかった――両手と両足、十本そろった手足の指、これ以上ないほど形のいい耳と、とりわけ美しい目。その子の泣き声は、その小さな病室でこの上なく美しい歌のように響いた。

タカハシさんにとっては足もとの地面が崩れたようなものだった。すべてがくつがえされたのだから。けれども彼は恐ろしさのあまり、自分の間違いを認めようとしなかった。「問題はあとから現れる」そうミコに言いつづけた。「欠陥はあとで出てくる」

医者には呉に住む夫婦に心当たりがあった。善良な夫婦で、養子をほしがっていた。タカハシさんは男の子が生まれた翌日、書類をそろえた。ミコは言い争うことも、反論することも、もういちど息子に会いたいと頼むこともできなかった。息子は引き取られた。ミコは書類に署名した。一連のできごとを思い出すのはさぞつらかったはずだが、ミコははっきりとおぼえていた。たしかに自分は書類に署名したと。

広島と呉のちょうど中間あたりで雨がやみ、雲の隙間から太陽が顔を出すと、みるみる雲が消えはじめた。わたしは次々と建物が飛び去るのを見ている。新しいもの、古いもの、工場、倉庫、店舗、オフィス。

気がつくとミコに顔を寄せ、こう言っていた。「チキン・シャックをおぼえてる？」

「何？」

「バンド……バースのブルース・フェスティヴァルに出ていた……」

ミコがマスクの奥でほほえんだ気がする。

「ええ、なんでまたそんなこと？」

「わからない。ただ、あの名前だけは忘れられない」

わたしたちは見つめ合う。太陽の光が窓ごしに射しこみ、ミコが言う。「あたしにできることは何もなかった」

ミコは前にもそう言った。一度は部屋の窓辺に立って黄昏《たそがれ》を見ながら、そしてこの旅に出ると決めた昨日も。おそらく、この言葉を幾度となく自分に言ってきたのだろう。数えきれないほど何度も。何十年ものあいだ。

昨日はこうも言った——「長いあいだ、あたしはひどい状態だった」

ミコは詳しくは話さず、わたしもきかなかった。でも、それから数年がたち、わたしの計算が正しければ二、三年が過ぎたころ、ミコは教師になるために勉強を始めた。さらにその五年後、数学教師のナカムラさんと結婚した。

タカハシさんが亡くなってほどなくミコは離婚し、息子を探しに行った。養父母が呉に住んでいることは前から知っていた。養母は日本人、養父は戦後、呉に定住したオーストラリア人医師だった。

「二人には〝ハーフ〟を育てる自信があった」ミコは言った。「血が混じった人のこと。偏見の対象になることも多い。

〝ハーフ〟というのは、半分ってこと」ミコは言った。「半分日本人。あたしたちの息子の名前はアキラ。明日で五十歳になる。あなたに似てる。見た目だけでなく」

数年前から息子に会いに行くのが習慣になった。「なんの仕事をしていると思う？」ミコはそう言って笑みを浮かべた。

「さあ」

「当ててみて」

「医者？」

「レストランをやってる。ラーメンとお好み焼きの。全部、自分で調理するの。厨房に面したカウンター席が八つ、テーブル席が八つ。ひとつが六人掛けで、あとは二人掛けと四人掛け。とても腕のいい料理人よ」

ミコは毎週、会いに行く。自分が誰かは話しておらず、これからも話すつもりはない。彼はほかの常連客と変わらない調子でミコと世間話をする。食べ物のこと、天気のこと。ジャズとサッカーが好きだという。

「思いやりがあって、とても誠実な人よ。怒ったところを見たことがない。従業員にも優しくて。笑顔がかわいくて……ネズミが苦手」

娘が二人いて、一人は技術者、もう一人は大学で歴史を学んでいる。ミコはどちらにも会ったことがあるという。

「長女はあたしの若いころによく似ていて驚いた。彼女もあたしを見てそう感じたかもしれないと思った。そんなことあるはずないのに」

確実にカウンター席に座れるよう、早めに着くことにする。きっと彼はあなたのことをたずねると思うとミコが言う。あたしが誰かと一緒に行くのは初めてだから。でも、ミコもわたしも心配していない――どう答えるつもりなのか、ミコは何も言わないけれど。

列車がカーヴし、狭い空き地を過ぎると、ふいに海が現れる。それは本当に驚きだった。きらきらときらめき、これが一度でも灰色で、暴風に荒れたことがあるとは思えないほど穏やかだ。気がつくと太陽が輝き、光が車両の壁に反射して揺らめいていた。

ミコは海を見ている。わたしは彼女の頬と髪、首と薄い肩に射しこむ光を見つめる。最後に二人で列車に乗ったのはバースから帰るときだった。車内では若者たちが歌っていた。そしてミコはわたしたちの息子を身ごもっていた。

いまミコは隣に座っている、頭のなかに浮かぶ何かにほほえみながら。列車が速度を落とし、海岸に近づく。時間、距離……そうだったかもしれない人生。ミコが額から髪を払い、二人のあいだの肘掛けにもういちど手を置く。彼女に触れるのに、わたしは指を伸ばすだけでいい。

# 解説

アイスランド文学研究
朱位昌併《あかくらしょうへい》

本書『TOUCH／タッチ』は、オラフ・オラフソンの小説 ***Touch***（二〇二二）の全訳である。作者は、母国アイスランドでは本名オウラヴル・ヨウハン・オウラヴソン（Ólafur Jóhann Ólfasson）で知られており、父称のみで呼ばれることはないが、ここではオラフソンで統一する。

オラフソンは、アイスランドで特異な位置を占める作家だ。同世代の作家が社会における道徳的・倫理的問題を扱い読者に強く訴えかける一方で、オラフソンはあくまで個人の生活や心理に焦点を絞り、長篇ではとりわけ過去との対峙と清算を描いてきた。多くの読者を獲得してきた彼が異色なのは、多作でありながらも英語とアイスランド語の二言語で執筆をつづけている点にくわえ、ビジネスの分野でも逸出した業績を上げてきた点にある。

一九六二年にアイスランドの首都レイキャヴィークで生まれ、地元レイキャヴィーク高等学校を非常に優秀な成績で卒業後、オラフソンはアメリカのブランダイス大学で物理学を学ぶ。一九八五年に卒業すると、翌年ソニー・アメリカに入社し、ニューヨークを拠点とするソニー・インタラクティブ・エンタテインメントの最高経営責任者と社長を務め、家庭用ゲーム機プレイステーションの世界展開の仕掛け人でもあった彼は、八十年代と九十年代には、何度も日本を訪れて仕事をしている。やがて、プレイステーションの価格を上げるべきと主張する上層部と衝突し、値付けについてはオラフソンの主張が通ったものの、一九九六年にソニーを去ることになる。その後は、タイム・ワーナーの上級副社長を務めるなど華々しい経歴を歩み、二〇一八年にAT&Tへのタイム・ワーナー売却手続きが完了後、ビジネスの世界を引退した。現在は執筆業に専念している。

ビジネスの分野に足を踏み入れた一九八六年、オラフソンはアイスランドで短篇集 ***Níu lyklar***（九つの鍵）を出版し、作家としてのキャリアも同時に歩みだした。二〇二四年十月までに十六冊の本を発表しており、くわえて戯曲や詩も書いている。『赦免《しゃめん》』と題された作品がアイスランド語（***Fyrirgefning syndanna***、一九九一）と英語（***Absolution***、一九九四）で発表されて以来、彼の小説の多くは母国語のアイスランド語だけでなく、自身の手によって英語でも発表されている。

オラフソンの小説の英語版は、単なるアイスランド語版の翻訳とは言い難い。ふたつの版を比べると、人名や地名に違いがあるだけでなく、固有名詞の量が違うために読者に与える情報や印象が異なるなど、細かな調整が作者自身の手でなされているのだ。たとえば本書『TOUCH／タッチ』では、主人公クリストファーの妻と娘の名前が異なっている。こうした違いについてオラフソンに訊ねたところ、「アイスランド語版の名前は英語読者の口にはなじまないだろうから、もっと短くて言い易いものに変えた」とのことだ。それぞれの言語で読者にかかる不必要な（と彼の思う）負荷は少しでも小さくしようとするのは、「読者のために書いている」と語ってきた彼らしい。

重要な登場人物の名前などが異なるからといって、アイスランド語版と英語版でまったく別の物語が語られるわけではなく、本書の主人公のクリストファーが首都レイキャヴィークでレストランを経営していた七十代の男性であることにも変わりはない。

この物語は、コロナ禍のアイスランドで始まる。COVID-19が流行し、集会禁止令が施行され、店を閉めることに決めたクリストファーは、ふとフェイスブックをのぞく。そこには一通の友だちリクエストがあった。半世紀ほど前にロンドンで出会い、心から愛したミコからだった。今は日本にいるようだが、流行り病に感染し、入院しているらしい。いくらか彼女とメッセージをやり取りし、会いに行くことに決めたクリストファーは、国境が閉まる前にロンドンを経由して日本へ向かう。およそ五十年前のロンドンで何があったか、アイスランドからミコが入院する広島への道すがら、クリストファーは過去を見つめなおす。

アイスランド国内では決して好評ばかりを博してきたのではないオラフソンだが、アイスランド語版 ***Snerting***（二〇二〇）は非常に高い評価を受けた。二〇二〇年にアイスランドで最も売れた本であり、同年のアイスランド文学賞純文学部門にノミネートされ、「生まれや境遇の異なる人々の置かれた状況や社会について真に迫って描かれ、過去と未来が巧みに織り込まれている」小説と評された。

本作を映画化したバルタサル・コルマウクル・バルタサルソン（Baltasar Kormákur Baltasarsson）監督は、「読み始めたらページをめくる手がとまらず、朝方まで一気に読みあげてしまった」と繰り返しインタビューで語っている。長らくラブストーリーを題材に撮りたかった彼は、すっかり本書に魅せられ、オラフソンとの共同脚本で映画『ＴＯＵＣＨ／タッチ』を作りあげた。この映画は、二〇二四年の北欧理事会映画賞にノミネートされるなど、高い評価を受けている。

実は、映画『ＴＯＵＣＨ／タッチ』に筆者はごくわずかだが関わりがある。翻訳などで手伝ってほしいことがあると制作会社 **RKV Studio** から連絡があったのだ。脚本を送ってもらったあとにメールで乞われるまま何度かやり取りを重ね、それからエキストラとしてレイキャヴィークの端にある撮影スタジオにも赴いた。薄暗い体育館のようなスタジオの中央に建てられたレストラン「ニッポン」——スタジオ内にはほかにも飛行機や登場人物の私室もあった——で、指示されるがまま歩いたり談笑したりと同じ行動を繰り返したほかは、翻訳を担当した箇所等の説明や、俳優やスタッフから求められて咄嗟の通訳をするなど、些細なことしかしていない。だが、本書と映画の関係について、すこし話したいことがある。

クリストファーとミコに焦点を当てた映画版について、オラフソンは好意的に「これはバルタサル・コルマウクルの作品だ」と評した。これに首肯できるのは、脚本製作におけるオラフソンの役割がどれほどだったかは定かでないものの、やはり小説と脚本は別物であり、映像となると言わずもがなであったからだ。ちなみに監督は製作中、「主演俳優であるエイイトル・オウラヴソン（Egill Ólafsson）に役を合わせるだけでなく、役にエイイトルを合わせることになるだろう」と語っていた。もし映画は観たが本書は未読だという方がいるならば、ぜひとも小説版を読んでほしい。クリストファーの一人称で語られることでしか描かれないものが、本書には確かにあるのだから。

映画にもなったこの小説は、オラフソンがすべてアイスランドで書いた最初の作品である。ニューヨークとアイスランドを行き来する生活を送っている彼は、COVID-19が流行しはじめるとニューヨークを引き上げて、しばらくアイスランドにとどまることにした。母国に戻るとすぐさま自身の心の平安のために筆を執った。年内に書き終えることはないだろうという当初の予測に反し、秋になる前、わずか数か月間で書きあげてしまった。その理由のひとつは、本書の核となるひとつの体験談が長年頭のなかにあったからだ。ソニーで働いていた頃、彼は、日本の同僚にある打ち明け話をされている。
約三十年前、オラフソンが年配の同僚と東京で夕食をともにした日のことだった。お決まりのように美味しい料理を食べ、そのあとに行きつけだと連れられた先で酒を飲んだ。つづいてウィスキーを飲みに別の行きつけのバーに連れていかれた。

「日本人はちょっと秘密主義なところがあって、僕たちアイスランド人となんら変わりはないけれど、ほら、よく言われるように、いくらか喉と心を潤してから心を開くことが大半だったんだ」とオラフソンは、当時を振り返る。

やがて彼の同僚が話しだしたのは、自身の家族のことだった。何杯も酒を飲んだあと、ぽつりぽつりと、両親が広島の出身であると話しはじめた。被爆者となった両親がどのように生きてきたのかを語り、このことを周りの誰かに話したことはなく、打ち明けられるはずもない、と吐露した。数年間ともに仕事をしてきて、このあとさらに約四年間ともに仕事をすることになる同僚が再びこの話をすることはなかった。

このことがずっと心に残っていた、と本作で日本を扱ったことについて訊ねられたオラフソンは話す。被爆者というものについて、それまで聞いたことはなかった。けれども、それまでに広まってきた誤認や誤解と、これに基づく差別と偏見を、なにより原爆を生き延びた人々が感じてきた恥辱や無念を知った。そして、現在でもまだ偏見も恥辱も残っているようだ、と。

ある晩、唐突にされた一度きりの打ち明け話が、三十年越しにミコの物語のもとになって、本書で語りなおされている。

もちろん『ＴＯＵＣＨ／タッチ』は小説だ。けれど、その背景には歴史的な出来事があり、それが人々の生活に甚大な影響を与えたことは絵空ごとではない、とオラフソンは真摯に訴える。二〇二〇年の執筆当時、COVID-19の世界的大流行の第一波が起こり、臆測の混じる様々な情報が錯綜し、誰かに触れることすら禁止された時期、作者の言葉を借りるならば「誰もが敵」であるかのような時期にあって、人類と個々人が歩んできた日々を振り返り、それぞれの置かれた決して単純でない現在を見つめなおさんとして書かれたのが、本書『ＴＯＵＣＨ／タッチ』なのだ。

触れること・触れられることとは、一方的であることはありえないばかりか、一生消えることのないものとして残りうる。たとえそれが一瞬のことであっても、絶望的に長い時間をかけてのことであっても同様に。本書で描かれている〈触れること〉とは、これからもオラフソンが書いていこうと語る「それ自体の複雑さやいくつもの岐路を抱える親愛」のひとつのかたちである。

二〇二四年十一月

訳者略歴　熊本大学文学部卒，英米文学翻訳家　訳書『ウィッチャー　嵐の季節』アンドレイ・サプコフスキ，『ボーンズ・アンド・オール』カミーユ・デアンジェリス，『蜂の物語』ラリーン・ポール，『王たちの道』ブランドン・サンダースン（以上早川書房刊）他多数

# TOUCH／タッチ

2024年12月20日　初版印刷
2024年12月25日　初版発行

著者　オラフ・オラフソン

訳者　川野靖子《かわのやすこ》

発行者　早川　浩

発行所　株式会社早川書房
東京都千代田区神田多町2－2
電話　03－3252－3111
振替　00160－3－47799
https://www.hayakawa-online.co.jp

印刷所　三松堂株式会社
製本所　三松堂株式会社

Printed and bound in Japan

ISBN978-4-15-210383-3 C0097

乱丁・落丁本は小社制作部宛お送り下さい。
送料小社負担にてお取りかえいたします。

# 花の子ども

AFLEGGJARINN
オイズル・アーヴァ・
オウラヴスドッティル
神崎朗子訳
46判並製

〈アイスランド女性文学賞受賞〉

母が遺した珍しいバラを持って僕は出発する。めざすは外国の庭園。でも旅はトラブル続き。機内で腹痛にもだえ、森でさ迷う。当の庭園は荒れ果て、意外な客が現れる。僕と一夜だけ関係をもった女性が、赤ん坊を預けにきたのだ。こんな僕が父親に⁉　男らしさと家族のかたちを見つめ直すアイスランド女性文学賞受賞作。